KB166447

모든 책 위의 책

삼국유사로 오늘을 읽는다

# 모든 책 위의 책
## – 삼국유사로 오늘을 읽는다

초판 1쇄 발행 2020년 4월 28일

지은이 | 고운기
펴낸이 | 조미현

펴낸곳 | (주)현암사
등록 | 1951년 12월 24일 제10-126호
주소 | 04029 서울시 마포구 동교로12안길 35
전화 | 02-365-5051 · 팩스 | 02-313-2729
전자우편 | editor@hyeonamsa.com
홈페이지 | www.hyeonamsa.com

ISBN 978-89-323-2045-8 03810

이 도서의 국립중앙도서관 출판예정도서목록(CIP)은 서지정보유통지원시스템
홈페이지(http://seoji.nl.go.kr)와 국가자료공동목록시스템(http://www.nl.go.kr/kolisnet)에서
이용하실 수 있습니다.(CIP제어번호: CIP2020015296)

고운기 지음

삼국유사로 오늘을 읽는다

모든 책 위의 책

ㅎ 현암사

## 2. 껍질을 깨고

# 3. 하나가 만 배를 얻는다

# 4. 정 깊은 세계

마음 끌려서 이마에 손을 얹어보는 그리움이 있다. 시절이 그렇고 사람이 그렇나. 오지 않는 답신을 원망하지 않는다. 그저 서 있기만 해도, 불어와 불어 가는 곳 없는 저 심심한 바람이 분명 반가워할 것이다.

—강화 보문사

# 모든 책 위의 책

미증유의 괴질怪疾이 전 세계를 괴롭히는 한가운데서 이 글을 쓴다. 아니, 한가운데인지 고비를 넘겼는지조차 아직 알 수 없다. 중국에서 시작한 괴질이 우리나라 같은 주변 국가로 퍼졌고, 중국이나 우리는 조금 안정을 찾는가 싶은데 유럽과 미국이 온통 난리이다. 실은 어느 한쪽이 잠잠해진다 해도 별 의미가 없다. 언제 다시 번질지 모르기 때문이다.

코로나 19로 부르고 있는 이번 괴질의 진원지는 중국의 무한武漢이다.

한중漢中에서 출발한 한수漢水가 양자강으로 흘러드는 곳, 강 건너 무창武昌과 합하여 만든 도시 무한은 『삼국지』의 강하태수 황조黃朝가 다스린 바로 그 강하군이다. 형주의 변

11

경이었지만 내륙의 항구도시로 사통팔달 교통의 요충지, 이제는 인구 천만 명이 넘는 대도시가 되었다.

저 중원의 변방에서 발생한 괴질이 단박 우리에게 전파되는 것은 일도 아니다. 무한과 인천을 잇는 비행기의 편수며 유동 인구를 보라. 전파되지 않는다면 그것이 더 이상하다.

초기에 입국자를 막지 않아 일이 커졌다고 지적하며 열내는 대한의사협회의 처사도 부질없다. 달린 입이라고 한마디 못 할 것 없지만, 세계는 닫고 안 닫고 문제가 아닌, 사회와 경제의 복잡다단한 관계 속에 얽히고설킨 여러 겹으로 이루어져 있다. 막아서 간단히 될 일이라면 누군들 하지 않았을까.

하물며 우리가 읽는 저 멀고 오랜 역사 속의 신라에도 중국으로부터 괴질은 때때로 쳐들어왔다.

중국에서 번져오는 전염병은 오늘만의 문제가 아니다.


신라 승려 혜통惠通은 뒤의 '생명, 경외 그리고 살생'에서 다시 나온다. 승려이자 의사였던 그의 활약 하나를 여기서 먼저 소개하려 한다.

혜통이 중국 체류를 서둘러 마무리 짓고 귀국한 데는 사정이 있었다.

당나라 황실의 공주에게 난 병을 고쳐주었는데, 병의 원인은 괴질, 몸 안에 있다 혜통에게 쫓겨 나와 이무기로 변했다. 공주는 거뜬히 나았으나 이 이무기가 신라로 도망쳐, 경주에서 사람을 해치며 지독하게 굴었다. 혜통을 원망해 복수하는 것이었다.

이때 혜통의 친구 정공鄭恭이 당나라에 와서 이 일을 알려주었다. 혜통은 급히 짐을 싸 신라로 돌아왔던 것이다. 이무기로 변한 괴질을 쫓아냈다.

이렇게 마무리되면 다행이었다. 그런데 일이 아주 이상한 방향으로 흘러갔다. 괴질은 다시 버드나무로 변하여 정공의 집 앞에서 자라는데, 마침 왕이 죽어 그 장례 행렬이 집 앞을 지나야 하나 길을 막아 관리가 베어내려 하자, 정공은 나무를 끔찍이 좋아하여, "차라리 내 목을 벨지언정 이 나무를 자르지 못한다."라고 대들었다. 제정신이 아니었다. 사실 정공의 이런 해괴한 행동은 버드나무에 숨어든 괴질이 부리는 조화였다. 화가 난 새 왕은 정공을 죽이고 그 집마저 묻어버렸다.

여기 나오는 괴질이 오늘날로 치면 전염병이다. 이무기나 버드나무로 몸을 바꾸는 것은 괴질의 여러 현상을 나타낸 것이며, 당나라의 수도 장안에서 신라의 경주까지 퍼진 병에 관한 기록이 여기서 이무기가 되어 달아났다는 이야기로 만들어진 것이다. 장안이라면 지금의 서안이다. 서안에서 경주까지 이 천문학적 거리를 전염병은 거침없이 달려왔다. 앞서 '저 멀고 오랜 역사'란 이를 두고 하는 말이다.

괴질은 흉악한 형태로 사람에게 피해를 주었다. 처음에는 이무기로, 나중에는 곰으로 나타나 사람을 해친다. 그런데 버드나무는 기상천외하다. 정공이 '최애'하는 푸르디푸른 나무가 실은 괴질이라니! 괴질은 흉측한 방법만으로 사람을 괴롭히지 않는다. 버드나무처럼 여리게 정공의 정신을 홀리고, 제 목이 달아날 줄도 모르고 헛소리를 지껄이게 한다. 정녕코 병은 이렇게도 나타난다.

사태는 점점 꼬여갔다. 막상 정공을 처단하였지만 그와 절친한 혜통의 신통력을 두려워한 왕은 '꺼림칙한 일이 있을 것'이니 먼저 해치우려 했다. 무장한 군사가 혜통을 잡으러 갔다.

혜통은 사기병의 목에 붉은 붓으로 한 획을 그으며 소리쳤다.

"너희는 각자 자기 목을 보아라."

모두 목을 보니 어느새 붉은 획이 그어져 있었다. 서로 보며 놀라는데 혜통이 또 소리쳤다.

"만약 내가 쥔 병목을 자르면 너희 목이 잘린다."

군사 모두 황급히 달아나, 붉은 획이 그어진 목을 그대로 한 채 왕에게 보여주었다. 왕도 기겁하여 혜통과의 대결을 그만두었다.

따지고 보면 모든 판이 괴질이 깔아놓은 대로 흘러간 것이었다. 몇 차례나 혜통에게 당한 괴질은 우회적인 방법이 아니고서는 이길 수 없다고 보았다. 우회적인 방법이란 곧 내부의 분열이었다. 그렇게 자칫 괴질이 의도한 대로 갈 뻔했다. 그러나 혜통과 왕의 지혜와 절제가 불행한 사태를 막았다. 그들은 어떤 처신이 옳은지 알았다.

일연이 편찬한 『삼국유사』에 나오는 이야기이다. 『삼국유사』의 이야기는 당대를 증언하지만, 그러면서 오늘날 우리에게 하나의 메시지를 던진다. 그것이 적실하고 흥미롭다.

이제 나는 『삼국유사』 속의 이야기가 오늘날 어떻게 조응하는지 헤아리고자 한다.

앞선 이야기는 어떻게 끝나는가.

혜통은 왕의 딸이 갑자기 병에 걸리자 궁궐로 가 고쳐주었다. 이 일을 계기로 왕과 그간 쌓인 오해를 푼다. 화해의 멋진 결말이다. 마지막 남은 일 하나, 산으로 숨어 곰으로 변한 괴질을 찾아 깨우치고 불살계不殺戒를 주니, 그제야 해악

이 완전히 그쳤다.

문득 코로나 19는 언제 끝날까, 생각한다.

멋진 결말이 오리라 기다리며 이 글을 마무리한다. 언젠가 끝나겠지만, 전염병이 도는 동안 갈라진 마음의 치유는 쉽지 않을 것 같다. 아예 세상이 바뀌어 있을지 모른다. 『삼국유사』에 실린 혜통의 이야기를 다시 읽어보니, 오해를 풀어 화해하고 병의 근원을 치료하는 일이 첫손가락 꼽히겠다. 괴질은 여러 모양으로 찾아와 사람을 해치고 사람과 사람 사이를 갈라놓는다. 그래서 절제가 필요하다.

어수선한 시절, 『삼국유사』가 이런 지혜를 일깨우는 무등無等의, 모든 책 위의 책이라는 사실이 새삼스럽다.

# 1

## 가슴에 품은 사랑

내 몸은 봄이 둘러주는 나이테로 만들어졌다. 스무 살 쩍 나이테가 뛰기도 하고, 잠시 서 있으라, 소리치기도 한다. 밤을 실어 오는 산그늘에 묻혀, 봄은 왔다 그냥 가지 않는다고 되뇐다.
—경주 황룡사지

여시오어·汝屎吾魚

# 너는 똥, 나는 물고기

1970년대 후반, 박정희 정권이 더 이상 버티기 어려울 현상은 여기저기 나타났지만, 대학 시험을 앞둔 나 같은 고등학생이 실감할 일은 아니었다. 국어 시간이면, 작은 키에 단아한 모습, 눈빛이 맑은 국어 선생님 한 분을 나는 기다렸다.

정희성鄭喜成.

동아일보 신춘문예를 통해 등단한 시인이었고, 그 무렵 낸 시집 『저문 강에 삽을 씻고』의 반응은 문단뿐만 아니라 독자 사이에 뜨거웠다. 그러나 그가 좀체 시국을 입에 올린 적은 없었다.

한 번의 예외가 있었다. 당신이 쓴 시 「답청」을 읽어준 날이었다.

풀을 밟아라
들녘엔 매 맞은 풀
맞을수록 시퍼런
봄이 온다

처음 넉 줄을 들었을 때, 매 맞은 풀과 시퍼런 봄이라는 이미지가, 답청이라는 전통 놀이와 연결되는 울림에 떨었던 기억이, 그로부터 40년 가까운 오늘까지 선연하다. 나에게 스승이란 그같이 선연한 기억으로 존재한다.

원효는 따로 선생을 두고 공부한 사람 같지 않다. 의상과 함께 두 번의 도당渡唐을 감행하지만, 한 번은 타의로 한 번은 자의로 중도작파中途作破했지, 의상처럼 끝내 뜻을 이루어 누구 문하에서 공부한 적이 없다. 대안大安 같은 이를 선생으로 모신 흔적은 남았어도, 구체적인 공부 목록은 보이지 않고, 그런 영향 아래 나온 원효의 저작 또한 없다. 그에게 선생은 그저 모든 선학先學, 곧 그들의 저술을 통한 공부였던 것 같다.

그런 원효에게 그래도 구체적인 선생 노릇을 한 것으로 보이는 이가 혜공惠空이다.

혜공은 아주 특이한 인물이다. 남의 집 종살이하는 어머니 아래 크는 문간방 아이였다. 주인의 병을 고쳐준 공으로 모자가 천민에서 벗어나자 혜공은 출가했다.

그런데 승려로서의 그의 행적은, 술에 취해 고성방가요 우물 속에 들어가 며칠씩 나오지 않는, 파격의 그것이었다. 그러면서도 경전에 해박하여, 막히는 대목을 들고 찾아오는 원효를 가르쳤다. 기이한 면에서는 성정性情이 서로 비슷한, 그래서 두 사람은 통하는 데가 있어 보인다. 원효가 그를 선생 삼은 까닭일 수도 있다.

선생과 제자로서 두 사람을 보여주는 극적인 에피소드가 『삼국유사』에 실려 있다.


혜공은 포항에서도 한참 들어간 산골짝의 항사사恒沙寺에 머물고 있었다. 그날도 원효는 막힌 대목을 풀러 혜공을 찾아온 길이었다.

절 가까운 시냇가에서 두 사람이 마주쳤다. 문득 혜공은 원효더러 물고기 한 마리씩 잡아먹고 뒤를 보자 했다. 별 희한한 내기도 다 있다. 어쨌건 먹은 다음 뒤를 보는데, 원효에게서는 그냥 똥으로 나왔지만, 혜공에게서는 물고기가 산 채 나와 시냇물을 따라 헤엄쳐 가는 것이었다.

이때 혜공이 외쳤다는 말이 여시오어汝屎吾魚이다. 너는 똥이나 나는 물고기!

잡아먹은 물고기가 살아 나와 헤엄쳐 갈 수 있겠는가. 이것은 어디까지나 고도의 비유일 뿐이다. 그렇다면 무엇을 비유한 것일까?

항사사는 이 일로 인해 절 이름을 오어사吾魚寺, 풀어보자면 '내 물고기 절'이라 바꾸었다. 혜공이 외친 '나는 물고기'가 그 근거이다. 요즘 사람으로서야 원효와 혜공 사이에 있었던 이 일을 모르면 언뜻 알아듣기 힘든 말이다. 그런데 이름에 고기 어魚 자가 들어가는 다른 절과 비교해보면 뜻은 조금 확대된다.

예를 들면 부산 금정산金井山의 범어사梵魚寺가 그렇다.

『동국여지승람』에서는, "산정에 높이 50여 척의 큰 바위가 있고, 그 바위 한가운데 샘이 있으며, 그 물빛은 금색金色인데 물속에 범천梵天(불교의 열두 개 하늘에서 위를 지키는 하늘)의 물고기가 놀았다. 그래서 산 이름을 금정산, 절을 범어사라 한다."라고 하였다. 범천의 물고기가 논다고 하여 범어사라 했다는데, 범천 곧 수호신의 가호를 받는 물고기야말로 자유롭고 평안한 존재의 상징이다. 해탈한 자의 모습 아닐까.

어느 날 문득 그 숲을 찾아가는 것은 근심 없이 자란 저들처럼 살고 싶어서다. 근심 대신 어깨를 으쓱이며 저들처럼 키가 크는 것이다.
— 평창 월정사

범어의 연장선상에서 본다면 오어사의 '오어'는 '나는 곧 범천의 물고기'라는 말을 줄여놓았다고 볼 수 있다.

혜공의 배에 들어갔다 나온 물고기는 범천의 물고기인데, 수호신의 가호를 받는 물고기이니 사람의 뱃속에서도 살아 나오는 것이지만, 달리 말하면 혜공의 경지가 수호자의 위치에 올랐다는 뜻으로도 풀게 된다. 혜공의 뱃속이 바로 범천이다.

그에 비해 원효는 아직 그런 경지에 이르지 못했다. 혜공에게서 '너는 똥'이라는 소리를 듣고 있다.

콧대 센 원효가 이 말을 듣고 어땠을까?

기록이 거기까지 없으니 그저 상상할 뿐이지만, 앙앙불락하는 원효를 등 뒤로하고 짐짓 태연히 절로 올라가는 혜공의 모습이 그려진다. 선생이란 그렇게 따끔한 충고로 제자를 발끈하게 만드는 사람이다.

# 가진 것이 도리어 근심

동네 사우나에 가면 이발까지 하고 온다. 단골이 된 다음 이발사와는 이런저런 신변 이야기를 나누는 사이가 되었다.

젊은 시절, 그러니까 1970년대 무렵, 그는 서울역 앞 장사 잘되던 목욕탕에 고용된 이발사였다. 중학교에 다니던 주인 아들이 있어서 늘 머리를 깎아주었는데, 서울의 명문 치과대학에 입학하여 학교를 마칠 때까지 그 세월이 무려 10년이 넘었다. 당연히 공짜였다.

주인 아들이 졸업할 무렵 그는, "그동안 네 머리를 깎아주었으니, 내가 나중 늙거든 내 이빨은 네가 맡아주겠니?"라고 물었다. 물론 아들은 그러겠노라 대답했다.

그것이 벌써 30년 전 일이라 했다. 주인 아들은 서울의 강남에서 이름 날리는 의사가 되었다. 더욱이 부잣집 딸인 동기생과 결혼하고 차린 병원은 예약 없이 못 갈 정도라고 한다. 그렇듯 간간이 소식은 들었지만, 정작 그는 한 번도 찾아가지 않았다고 했다.

일연의 『삼국유사』에는 이런 이야기가 있다.

신라 원성왕 때, 법회에 참석한 한 어린 스님이 공양이 끝나고 바리때를 씻자면, 자라 한 마리가 우물 안에서 잠겼다 올랐다 하였다. 스님은 남은 음식을 먹이며 놀았다. 그것이 무려 쉰 날이었다. 법회가 끝나갈 즈음 스님이 "내가 너에게 덕을 베푼 지 여러 날인데 무엇으로 갚아주겠니?"라고 자라에게 말했다. 며칠이 지나, 자라가 작은 구슬 하나를 마치 스님에게 주려는 것처럼 뱉어냈다. 스님이 그 구슬을 가져다가 허리띠 끝에 달고 다녔는데, 그런 다음 여느 사람은 물론 왕조차 스님을 보고 매우 아껴, 내전에 불러들여 곁에서 떠나지 않게 하였다. 실은 구슬이 부리는 조화였다.

이 이야기가 생각나 나는 이발사에게 말했다.

"한 번쯤 찾아가 보지 그랬어요. 약속도 했고, 공짜로 치료받으면 더 좋고."

그러자 그는 "뭘 얼마나 대단한 걸 했다고요."라고 했다.

왠지 그 말이 쓸쓸하게 들렸다. 옛날과 달리 요즈음 동네 사우나의 이발사는 벌이도 시원치 않다. 나이 들어 이도 부실한데, 가서 도움받을 만도 하련만, 그는 그것이 궁상스러운 모양이었다.

따지고 보면 주인 아들인 치과의사는 구슬을 가진 자라이다. 덕을 입은 자라가 구슬을 주듯, 주인 아들은 치과의사의 기술을 구슬처럼 이발사에게 줄 수 있다. 굳이 이발사가 찾기 전, 돈도 많이 벌고 성공한 다음, 주인 아들이 먼저 옛날의 이발사를 찾았다면 더 좋았으리라. 그랬으면 참 아름다운 이야기가 될 뻔했다.

단호하게 옛 주인 아들을 찾지 않은 이발사의 속마음을 다 헤아릴 길은 없다.

그런데 예의 『삼국유사』이야기의 뒷부분을 읽어보면 그러길 잘했다 싶었다.

원성왕의 신하 한 사람이 당나라에 사신으로 가면서 앞서 소개한 스님과 동행하였다. 당나라에 이르자 황제 또한 스님을 보고 총애하니, 주변의 정승들이 우러러 마지않았다. 다만 점을 치는 신하 한 사람만이, "이 승려를 아무리 살펴도 좋은 관상이 아닙니다. 그런데 남들로부터 존경과 믿음을 받으니, 반드시 특이한 물건을 가지고 있을 것입니다."라고 했다. 사람을 시켜 검사해보자 허리띠 끝에 묶인 작은 구슬이 나왔다. 그것을 보더니 황제는 '지난해 잃어버린 내 여의주 네 낱 가운데 하나'라고 말하지 않는가. 황제가 구슬을 잃어버린 날과 스님이 얻은 날이 같았다. 황제는 그 구슬을 두고 가라 하였다.

다음부터 사람들이 스님을 믿고 아끼는 일이 없어졌다. 처음부터 구슬의 힘이었던 것이다. 스님 입장에서는 왜 사람들이 자기를 좋아하는지 영문을 몰랐다. 자라에게 선행을 베풀고 구슬을 얻은 것까지는 좋았으나, 그 구슬이 그토록 신통한 조화를 부릴 줄이야. 영문을 모르니 답답했고, 구슬을 내놓는 순간부터 조화가 사라졌으니 당황했을 것이다. 차라리 처음부터 없었다면 좋았으리라 생각했을지 모른다.

득주지우得珠之憂가 이럴 때 쓰라고 있을 말이다. 구슬 같은 보배를 지닌 이는 자신에게 주어진 보배의 의미를 알아야 한다. 모르면 보배를 가진 것이 도리어 근심이다.

이발사는 주인 아들의 구슬을 탐내지 않았다. 없어서 가난할지언정 그것 때문에 근심할 일은 없다. 그래, 잘한 일이었다.

# 인생은 나그넷길

9월이 왔다. 가을이다. 2017년 이때쯤 세상을 떠난 가수 조동진의 대표곡 〈나뭇잎 사이로〉가 생각난다.

여름은 벌써 가버렸나
거리엔 어느새 서늘한 바람
계절은 이렇게 쉽게 오가는데
우린 또 얼마나 어렵게 사랑해야 하는지

2018년만큼 유난한 여름이 있었을까. 유례없는 폭염이 기승이더니, 끝판에는 폭우가 휩쓸었다. 그렇게 세상이 뒤집어지는 것 같았다. 그런데 9월로 들어서자 거짓말처럼 '서늘한 바람'이 '계절은 이렇게 쉽게 오가는' 것을 알려주었다. 신기하면서도 자연의 엄연함 앞에 저절로 숙연한 마음이 들었다.

그런데 이 노래의 가사에 '얼마나 어렵게 사랑해야' 한다는 것은 무엇일까.

문득 『삼국유사』의 조신 이야기가 떠올랐다. 조신이 강릉 태수의 딸과 우여곡절 끝에 사랑의 도피 행각을 벌일 때만 해도 몸이 떨리는 행복에 젖었다.

> 저는 일찍부터 그대의 모습을 훔쳐보아 왔습니다. 마음으로 사랑하였고요. 잠시도 잊어본 적 없는데, 부모님께서 억지로 다른 사람에게 가게 하였습니다. 이제 그대와 한집에 살며 벗하고자 왔습니다.

여자의 과단성이 빛난다. 물론 꿈속에서 벌어지는 일이다. 강릉 태수 딸의 이런 말에 조신은 엎어질 듯이 기뻤다. 이토록 어여쁜 여자와 한집에 살며 벗하다니……

그런데 행복은 끝까지 가지 않았다. 식구는 다섯인데 집이라곤 네 벽뿐이요, 먹고 살 양식조차 마련하지 못하였다. 호구책을 마련하러 들판을 떠돌아다니다 옷은 해져 누더기가 되어 몸 하나 가리지 못하였다. 마침 명주의 게고개를 넘어가다 열다섯 살짜리 큰아이가 굶주리다 못해 죽고 말았다. 통곡하며 길가에 묻었다.

여자의 과단성은 이번에도 빛난다. 결심은 부인이 빨랐던 것이다.

> 고운 얼굴 아름다운 미소도 풀 위의 이슬이요, 지란芝蘭 같은 약속도 바람에 날리는 버드나무 꼴이니, 당신은 내가 있어 걸리적거리고, 나는 당신 때문에 근심만 많을 뿐, 뭇 새가 함께 주리기보다 차라리 외짝 난새가 마주 볼 거울을 가지는 게 낫다면, 청컨대 이쯤 헤어지자 합니다.

풀 위의 이슬이요 바람에 날리는 버드나무 신세, 서로가 걸리적거릴 뿐이라면 거울 속의 얼굴을 보는 게 낫다고 한다.

부부가 남은 자식을 하나씩 데리고 돌아서는데, 문득 깨보니 꿈이었다.

마지못해 일연이 이야기 끝에 한 줄 붙였다.

> 이것이 어찌 조신에게만 있을 꿈이겠는가? 이제 모든 사람이 세상의 즐거움만 알아 흥청거리기도 하고 뭔가 해보려고도 하는데, 이는 특별한 깨달음이 없기 때문이다.

최희준의 인생 노래 〈하숙생〉은 1966년 정진우 감
독이 만든 동명의 영화 주제였다.

그러면서 쓴 시의 마지막 구절이, "수고로운 인생, 일순
간 꿈인 걸 알겠네方悟勞生一夢間"이다. 그것은 일연의 인생
화두였다. 이를 줄여 나는 네 글자로 노생일몽勞生一夢, 수고
로운 일생, 한순간 꿈이라고 줄여보았다.

조동진이 노래한 어려운 사랑이란 이런 것인지 모르겠다.

노생일몽은 이백李白이 쓴 「봄날 도리원의 밤잔치春夜宴桃李園」에서 '천지天地는 만물萬物의 여관이요, 광음光陰은 백대百代의 나그네'라는 유명한 구절 다음에 나오는 부생약몽浮生若夢을 떠올리게 한다. 뜬구름 인생이 꿈만 같다. 여기서 따온 듯한데, 일연의 의미 부여가 한층 깊어졌다.

이 글을 쓰는 동안 가수 최희준 씨가 세상을 떴다는 소식이 들렸다. 그의 인생 노래는 〈하숙생〉이다.

저음의 약간 쉰 목소리로, "인생은 나그네 길 / 어디서 왔다가 / 어디로 가는가."라고 부를 때, 그는 아직 새파란 청년이었으나, 세상을 뜨면서 자기 노래대로 되는 애절함에 휩싸였을지 모른다. 이 구절 또한 이백의 '광음은 백대의 나그네'를 연상하게 한다.

그런 줄 알면서도, 일연의 말처럼, 우리 모두 세상의 즐거움에 뭔가 해보려고 발버둥 치다 간다.

# 메뉴 밖의 음식

지금 일하는 대학의 앞 골목에 '한양동태'라는 식당이 있다. 이름 그대로 동태 요리 전문이다. 단골이 된 다음, 야무지면서 선한 인상의 주인 내외가 늘 반갑다. 간단히 식사만 할 때는 동태탕을 시키지만, 몇이라도 어울려 소주 한잔 할라치면 우럭초무침을 부탁한다. 진하게 끓인 미역국을 내줘서 식사까지 해결할 수 있다.

그런데 어느 날 주인이 낙지 비빔밥을 새로운 메뉴로 내놓았다.

참기름을 대접 바닥에 바르고 맞춤하게 삶은 콩나물 위에 잘게 썬 상추, 무순, 김 가루 등을 얹었다. 그리고 매콤하게 양념된 낙지볶음을 가져다준다. 밥과 함께 섞어 비비면

훌륭한 비빔밥이 되는데, 쫄깃한 낙지와 신선한 야채가 참기름에 섞여 고소하고 맵짜고 부드럽기 그지없다. 점심 저녁으로 그렇게 매일 먹어도 질리지 않는다.

비빔밥에 집착하는 이유가 있다. 내가 쓴 시 가운데 그나마 알려진 작품이 「비빔밥」이다. 오래전 서울 한 구석진 동네의 작업실 근처, 끼니를 때울 요량으로 찾아가던 허름한 식당의 비빔밥이 참 맛있었는데, 그 무렵 쓴 "혼자일 때 먹을거리치고 비빔밥만 한 게 없다"라고 시작하는 이 시의 "허기 아닌 외로움을 달래는 비빔밥 한 그릇 / 적막한 시간의 식사"라는 구절에 공감 가는 모양이다. "여러 동무들 이다지 다정히도" 모인 밥 한 그릇으로 말이다.

그러나 이 시를 착상한 식당은 없어졌고, 오랫동안 대신할 만한 곳을 찾지 못하였다.

사실 비빔밥이야 중국집의 짜장면처럼 어디서 먹어도 입맛에 아주 들지 않는 경우란 드물다. 심지어 집에서 내가 만들어 먹는 비빔밥조차 맛있다. 큰아이는 때로 내게 비빔밥을 만들어달라 부탁한다. 나물을 주재료로 하든, 물김치에 버무리든, 저마다 특색 갖춘 비빔밥이 된다. 너무 거창한 재료에 너무 화려한 꾸밈은 비빔밥에 어울리지 않는다.

이제 오랜만에 입맛 드는 비빔밥 식당을 가졌으니 생각만 해도 부유한 느낌이다.

이미 단골이 된 이 식당에 가는 색다른 재미가 생겼다. 주인이 제철 제날 재료로 만들어주는 '메뉴 밖의 음식' 때문이다. 주꾸미가 나는 철, 대방어가 맛있는 철, 닭볶음이 당기는 날, 생참치 들어온 날……, 주인은 거기 맞추어 자기 식당의 메뉴에 없는 음식을 만들어준다. 솜씨 참 맵차다.

정녕 세상에 가장 맛있기로는 이런 메뉴 밖의 음식이 아닐까.

물론 어떤 식당이든 간판에 건 메뉴로 손님을 끈다. 그러므로 메뉴 밖의 음식을 극찬하는 것은 메뉴에 적힌 음식을 부시하는 소리로 들릴 수 있다. 결코 그래서는 아니다. 다만 메뉴판 앞에서 나는 장사의 대상일 뿐이다. 규격이 있고 값은 정해져 있다. 이에 비해 주인이 따로 만들어내는 저 메뉴 밖의 음식은 규격도 값도 정해져 있지 않다. 나를 손님이 아닌 식구로 대한다는 말이 된다. 그래서 셈을 치를 때마다 한바탕 승강을 벌이지만, 이것은 정녕 살아 있는 음식이다.

사람살이가 마치 식당의 메뉴처럼 정해진 원칙을 따라야 하지만, 때로 그 길을 벗어나 새로운 세상을 경험할 수도 있다.

『삼국유사』에 나오는 이야기이다.

날은 저물어 어두운데, 산중에서 수행하는 노힐부득이

라는 스님의 처소로 스무 살 남짓 아리따운 한 낭자가 길을 잃고 찾아와 머물기를 청한다. 부득은 머뭇거리면서 여자를 받아들인다. 수행하는 공간에 여자를 들일 수 없으나 사정이 딱하니, 수순중생隨順衆生 곧 중생의 뜻을 따르는 것도 보살행의 하나라 여겨 원칙을 깬 것이다. 그것은 불쌍히 여기는 마음이 지극해서였다. 그런데 나중에 알고 보니 이 낭자는 관음보살의 화신이었다.

원칙을 깨는 데는 또 다른 원칙이 필요하다. 마구잡이가 아니다. 제게 이로울 대로만 해서도 곤란하다. 정해진 원칙의 도리가 중요한 만큼 원칙 밖의 도리 또한 큰 울림이 있어야 한다. 이 이야기는 그런 큰 깨우침을 조용히 일러준다.

# 배꼽 밑의 붉은 점

『삼국유사』에 이런 이야기가 나온다. 경주의 중생사衆生寺에 있었던 관음보살상에 얽힌 전설이다.

당나라 황제가 대단히 예뻐하는 여자가 있었다. 아름다움이 절로 흘러 누구와 견줄 데 없으니, "예로부터 이제까지 그림에서도 이 같은 여자는 드물다."라고 할 정도였다. 이에 화가에게 초상화를 그리도록 하였다.

그 사람이 명령을 받들어 그림을 완성했는데, 끝낼 무렵 붓을 잘못 떨어뜨려 제하오적臍下汚赤, 배꼽 아래가 붉은 자국으로 더럽혀졌다. 마치 점처럼 보였다. 그것을 고치려 했지만 할 수가 없었다. 마음속으로 붉은 표지가 분명코 날 때부터 생겼으리라 여기며, 일을 마치고 바쳤다.

그림을 본 황제가 붉은 자국을 가리키며 말했다.

"겉모습은 매우 그대로이구나. 그런데 배꼽 아래 표지는 안에서만 아는 비밀인데, 어찌 알고 함께 그렸는가?"

'배꼽 아래 표지'란 붓을 잘못 떨어뜨려 생긴 그 붉은 자국이었다. 황제가 예뻐하는 여자에게는 '안에서만 아는 비밀' 곧 배꼽 아래에 진짜 점이 있었던 것이다. 황제는 크게 화를 내며 화가를 옥에 가두고 벌주려 하였다. 점이 있는 것을 아는 사람은 자기만이니 의심할 만했다.

이때 어떤 승상 한 사람이 아뢰었다.

"그 사람은 마음이 아주 곧습니다. 용서해주시지요."

황제는 승상의 건의가 더 못마땅했다. 그래서 아예 억지를 부리듯 말했다.

"그렇게 현명하고 곧다면 지난밤 내 꿈속의 모습을 그려내거라. 어긋나지 않는다면 용서하리라."

세상에 무슨 수로 황제가 지난밤 어떤 꿈을 꾸었는지 알겠는가. 안들 그 모습이 어떻다고 그림으로 그려내겠는가. 화가는 자포자기 심정으로 11면 관음상을 그려냈다. 그런데 그 모습이 황제의 꿈이었다. 황제는 진정 이 사람이 곧은 줄 인정하고, 의심이 풀려 용서해주었다.


옛날이야기에나 나오는 줄 알았더니 그 비슷한 일이 얼

마 전 현실에서도 나타났다. 경기도 지사를 두고 벌어진 해괴한 점 싸움이다.

이 지사와 밀회를 즐겼다고 주장하는 배우가 그 증거라도 대려는 듯 그의 신체에 점이 있다는 말을 하면서 사달이 일었다. 이에 이 지사가 병원을 찾아 '특정 신체 부위'에 점이 없다는 검증 결과를 발표했는데, 도청 출입 기자 3명까지 동행하여 확인시켰다고 한다. 그러나 발표에 대해 배우는 여전히 믿지 못하겠다는 반응이다.

이런 공방을 떠나 우리에게 남는 가장 큰 아쉬움은 유력 인사의 부끄러운 행태이다. 그들은 우리 사회가 건강하게 나아가는 데 발전적인 담론을 제공해야 하는 사람이다. 시정의 잡배나 올릴 말을 거리낌 없이 해대는 진흙탕 싸움이 안타까웠다.

『삼국유사』 이야기 속의 화가는 풀려나자 친한 친구를 찾아 이렇게 제안했다.

> 내가 듣기에 신라라는 나라는 불교를 깊이 믿는다 하오. 그대와 배를 타고 바다를 건너 그곳으로 가서, 함께 불사를 닦고 어진 나라에 널리 이익을 준다면, 그 또한 좋은 일 아니오?

드디어 함께 신라에 도착해 경주의 중생사에서 관음보살상을 완성하였다. 일연은 이 불상에 대해, "나라 안의 사람이 높이 우러러보며 기도하여 복을 받은 것이 이루 적기 어렵다."라고 썼다. 몸속에 숨겨진 점은 같은데, 이 이야기의 끝은 이렇게 달라진다.

　　배꼽 아래 붉은 점은 비밀이었다. 사실 화가는 이 비밀을 몰라야 했고, 몰랐다. 뜻밖에 그 비밀을 아는 사람이 되어버렸을 때, 황당하고도 어처구니없는 상황에 차라리 모든 것을 포기하는 심정이 되었다. 옳고 정직해 하늘이 도왔으니 다행이다. 그래서 신라는 보배로운 그림을 얻었으니 또한 다행이다. 사필귀정事必歸正이다.


　　밀회를 즐겼다는 도지사의 '특정 신체 부위의 점'을 발설한 배우는 혹 상황이 불리해졌을 때 자기에게 유리한 재료로 써먹으려 했는지 모른다. 비밀의 폭로가 진정성 있게 받아들여지지 않은 것은 이 때문이었다. 물론 사실 여부까지 알 수 없으나, 이런 말이 나오는 상황까지 초래한 일말의 책임은 두 사람 모두에게 있다.

　　그런데도 서로 잘났다고 싸우는 모양새는 후안무치厚顔無恥이다.

# 꿈의 목적지

인간의 달 착륙은 벌써 반세기 전의 일이다. 마침 데미안 셔젤 감독의 영화 〈퍼스트맨〉이 개봉되어, 우리는 아폴로 11호의 우주비행사 닐 암스트롱을 그때의 감동 속에 다시 만났다. 텔레비전으로 암스트롱이 달에 내려 걷는 모습을 본 다음 날 동네 아이들은 경중경중 걸었다. 암스트롱을 흉내 내는 것이었다.

　미국이라는 거대한 나라의 과학기술이 그를 달에 데려다준 줄만 알았는데, 영화는 그렇지 않은 암스트롱의 사투死鬪와 인간적 고뇌를 담고 있다. 달에 갔다 오는 일은 결코 안전하지 않았다. 우주 비행 기술이 지금에 비한다면 형편없이 떨어지던 시절이었다. 침착하고 치밀한 그의 성격과 능력이 성공적으로 임무를 완수하는 데 절반을 차지했다고 해도 과언이 아니다.

암스트롱의 두 살배기 딸은 암으로 세상을 떠난다. 그와 그의 아내 심정을 이루 헤아리기 어렵다. 더욱이 아내는 남편까지 잃을지 모른다는 두려움 속에 살았다. 암스트롱은 딸의 고통과 아내의 걱정을 함께 안고 달로 출발하였다. 영화 〈퍼스트맨〉은 이 고독한 영웅의 내면을 잘도 그렸다.

한 영화평론가는 그런 암스트롱을 다음과 같이 평했다.

> 마침내 달의 표면에 안착했을 때, 그는 딸의 유품을 달로 던지며 딸을 진정으로 보낸다. 그를 억누르고 있던 마음의 짐을 달에서 털어버린다. 그런 점에서 이 영화는 닐 암스트롱이 달에서 치르는 딸의 장례식처럼 보이기도 한다.

인간의 달 착륙은 우주를 향한 인류의 돌잔치라고나 할까. 정작 첫 우주인 본인에게는 장례식이었다니 무슨 아이러니인가.

달이라고 하면 떠오르는 『삼국유사』의 한 장면이 있다. 광덕과 엄장의 이야기에서다. 광덕의 아내는 남편의 평소 생활을 이렇게 회고하였다.

남편이 나와 함께 10여 년을 살았습니다. 그러나 한 번도 저녁이면 같은 침상에 눕지 않았지요. 하물며 몸을 섞었겠습니까? 다만 밤마다 몸을 단정히 바로 앉아 한소리로 아미타불을 부르며 염불했지요. 때로 16관觀을 짓고, 관이 다 되어 밝은 달빛이 집 안에 비쳐 올 때, 그 빛을 타고 가부좌한 채 정성을 다했습니다.

광덕은 아내와 살림을 이루고 살았지만 이처럼 지성껏 수행했다. 밝은 달빛을 타고 가부좌한 광덕의 모습을 그려 보기 어렵지 않다. 그 달을 바라보며 노래했다.

> 달아, 서방까지 가거든
> 다짐 깊으신 세존 우러러
> 그리워하는 사람 있다
> 아뢰어달라.

향가인 「원왕생가」의 한 대목이다.

그런데 위에 인용한 장면은 광덕의 아내가 남편의 친구인 엄장에게 하는 말이다. 실은 광덕과 엄장은 서방정토를 그리며 신실히 수행하기로 약속했었다. 그러다 광덕이 먼저 가자 엄장이 장례를 치르고 그 부인을 데려와 함께 살게 되었다. 밤이 되어 몸을 섞으려고 했다. 그것은 하등 이상할 일 없는 부부관계이다. 다만 부인이 엄장을 보니 그는 광덕과 달리 수행자의 모습이 아니었다. 먹고사는 일에 코를 박고 돈 버는 데만 여념이 없었다. 그래서 위에서처럼 충고한 것이다.

한소리로 염불하며 정성을 다했다는 것이 원문에서 일념갈성一念竭誠이다. 한마음으로 정성을 다했다는 뜻으로 풀어볼 수도 있겠다.

새삼 암스트롱과 광덕이 겹쳐 보였다. 한 사람은 달에 갔고 한 사람은 서방정토에 갔다. 그들이 간 곳이 하나로 보인다. 평생 소원한 바를 일념갈성하며 이루어낸 꿈의 목적지이기 때문이다.

그동안 달 탐사에 나선 나라마다 각자 돈 들인 만큼 달의 지분을 찾는 데 혈안이라는 소식이 들린다. 암스트롱과 광덕의 정성이 무색해지는 느낌이다.

사실 우리는 엄장이다. 그는 현실의 땅에서 한 발자국도 나가지 못했다. 먹고사는 일에 얽매어 아름다운 꿈이 없었거니와, 그런 엄장을 떠올리자면 우리가 꼭 그렇다. 목숨을 걸고 달에 간 사람은 암스트롱인데, 달의 지분은 지금 우리가 엄장처럼 갈라 먹으려 하고 있다.

# 우리나라 최초의 스트리퍼

첫눈이 내릴 즈음이면 생각나는 『삼국유사』의 이야기가 있
다. 옛날 황룡사에 살던 정수正秀라는 스님이 우리나라 최초
로 벌인 스트리킹에 얽힌 사연이다.

　신라 제40대 애장왕 때였다. 정수는 황룡사에서 지내고
있었다.

　황룡사가 어떤 절인가. 신라를 대표하고 9층탑, 장육존상
같은 신라의 국보가 모셔져 있던 절이다. 그러나 정수는 이
절의 일개 말단 승려였다.

　겨울철 어느 날 눈이 많이 왔다. 서물 무렵 포항 근처의
삼랑사에서 돌아오다 시내에 들어서 천암사를 지나는데, 절
문밖에 한 여자 거지가 아이를 낳고 언 채로 누워 거의 죽어

가고 있었다. 정수가 이를 보고 불쌍히 여겨 끌어안고 오랫동안 있었더니 숨을 쉬었다. 사람의 체온이란 그렇게 힘이 있는 것이다. 이에 옷을 벗어 덮어주고, 벌거벗은 채 제 절로 달려갔다.

이렇게 하여 정수는 우리나라 최초의 스트리퍼 기록을 남겼다. 탈의나주脫衣裸走라는 사자성어는 여기서 나온다. 추운 겨울의 저녁 무렵이었기에 망정이지, 백주 대낮이었다면 점잖은 스님 체면에 무척 우세스러울 뻔했다.

문제는 그다음이었다.

제 절로 돌아왔건만 그는 갈아입을 옷 한 벌 없는 가난한 승려였다. 겨우 거적때기로 몸을 덮고 밤을 지새워야 했다.

황룡사 승려 몇백 명에서도 말단인 정수의 선행을 아는 사람은 아무도 없었다. 거적때기를 덮고 자는 사정을 동료 승려 누구도 물어보지 않았다. 제 옷 하나 챙기지 못하는 얼뜨기로 보았을지 모른다.

그런데 한밤중에 왕궁 뜨락 하늘에서 소리가 들렸다.

황룡사 사문沙門 정수를 꼭 왕사王師에 앉혀라.

신비한 소리를 듣고 왕은 급히 신하를 시켜 찾아보았다. 신하가 사정을 모두 알아내 아뢰니, 왕이 엄중히 의식을 갖추어 정수를 궁궐로 맞아들이고 국사國師에 책봉하였다. 이 일은 『삼국유사』에 나오지만, 다른 어느 기록에서도 그의 이름이나 행적을 알 길이 없다. 그냥 미담으로 만들어진 옛날 이야기일까.

이런 미담은 시대를 달리하여 나타나 우리를 감동하게 한다.

몇 년 전 여름, 여의도 국회의사당 앞에서 경비 업무를 서는 전 모 경위는, 태풍주의보가 내린 비 오는 날 우비에다 우산을 들고 나갔는데, 휠체어에 앉은 채 비를 맞으며 '중증 장애인에게도 일반 국민이 누리는 기본권을 보장해달라'는 내용의 피켓을 들고 있는 한 장애인을 발견했다. 전 경위는 그에게 다가가, "태풍 때문에 위험하니 들어가는 게 좋겠다."라고 말했다. 그러나 그는 자신이 시위를 '담당하는 날'이라며 거절했다. 전 경위는 하는 수 없이 우산을 건넸는데, 장애인은 몸이 불편해 우산 쓰기마저 여의치 않았다. 그러자 전 경위는 장애인 뒤로 걸어가 그에게 우산을 받쳐주었다. 두 사람은 한 시간 동안 아무 말 없이 그렇게 비바람 속에 서 있었다.

마침 여기를 지나가던 사람이 이 장면을 찍어 자신의 SNS에 올렸다. '국회 앞 비 오는데 장애인 1인 시위, 우산 받

한 네티즌이 올린 '국회 앞 비 오는데 장애인 1인 시위, 우산 받쳐주는 경찰'이라는 포스트(www.naver.com)

처주는 경찰'이라는 이 포스트는 수없이 리트윗되면서 화제가 됐다. 미담 끝에는,

— 아름답다. 이런 풍경이 일상이 되는 대한민국을 기대해
본다.

— 이런 경찰이 있기 때문에 아직 희망이 있다.

— 경찰청장 시켜라.

하는 댓글이 속속 올라왔다.

한밤중 왕궁 뜨락에 들린 하늘의 소리는 이름 없이 선행한 스님을 '왕사에 앉히라'고 했는데, SNS의 댓글에서 '경찰청장 시키라'는 말과 새삼스럽게 겹쳐진다. 하늘의 소리는 댓글과 다를 바 없다.

아름다운 풍경은 하늘을 움직이고 사람의 마음을 울린다.

# 전설로 남을 대나무

집 둘레에 대나무를 심는 데는 심미적인 효과와 경제적인 효과가 두루 있다. 절개를 상징하는 대나무가 전통적으로 선비의 사랑을 받아온 것은 일종의 심미적인 의미이다. 쓰임새가 많은 대나무가 비싸게 팔리니 그것은 경제적인 효과이다.

대나무 밭 하면 떠오르는 작품이 차범석의 장막 희곡 「산불」(1963)이다.

한국전쟁이 한창인 어느 날 밤, 빨치산에서 탈출한 전직 교사 규복이 추위와 허기를 못 이겨 지리산 아래 점례의 집 부엌으로 숨어든다. 점례는 남편이 반동으로 몰려 죽고 혼자가 된 여자이다. 어쩔 수 없이 규복을 대나무 밭에 숨기고 음식을 대준다. 차츰 두 사람 사이에 사랑의 감정이 싹트지만, 빨치산 토벌 작전이 시작되자 대나무 밭도 불살라진다. 규복은 거기서 뛰쳐나오다 국군의 총에 맞아 죽는다.

「산불」은 전쟁의 소용돌이 속에 하릴없이 희생당하는 개인의 비극을 잘 묘사한 작품이다. 거기서 대나무 숲은 숨는 공간이자 끝내 숨을 수 없는 공간의 절절한 상징이다.


산불이 크게 난 2019년 봄, 강원도 강릉시 옥계면에서 기이한 소식이 들려왔다. 오래된 대나무 숲이 나이 든 주민의 대피를 도왔다는 것이다.

그 마을은 옥계면 뒷산에서 발생한 산불이 가장 먼저 넘어온 곳이다. 이날 새벽, 일흔네 살의 김 모 할머니는 갑자기 폭죽 소리에 잠에서 깨, 창문을 열어 불이 난 것을 확인하고 곧바로 남편을 데리고 대피했다. 김 할머니가 들은 폭죽 소리는 대나무가 타는 소리였다. 대나무가 불에 탈 때는 다른 나무와 달리 콩 볶듯 소리가 아주 요란하게 난다. 여든네 살의 박 모 할아버지도 폭탄처럼 펑펑 터지는 소리에 잠에서 깼다고 한다.

다섯 집이 모두 불에 탔지만 인명 피해는 없었다.

대나무 숲은 마을이 생길 때부터 있었다. 그 대나무 숲이 마을 사람을 여럿 살린 것이다.

『삼국유사』로 거슬러 올라가면 또 다른 의미의 대나무가 기다린다.

신라 신문왕이 아버지 문무왕을 위한 절을 짓고 거기서 하룻밤 잤다. 감포 바닷가의 감은사이다. 그때, 동쪽 바다 가운데 작은 산이 떠서 감은사 쪽으로 오고 있다는 보고가 왔다. 문무왕의 혼령이 값으로 칠 수 없는 보배를 주러 온다는 것이다. 산의 모양새가 마치 거북의 머리 같은데, 그 위의 대나무 한 그루가 낮에는 둘이 되고 밤에는 하나가 되었다. 문무왕의 심부름을 온 용이 신문왕에게 말했다.

비유컨대 손바닥 하나로는 소리가 나지 않고, 두 손바닥으로 치면 소리가 나는 것과 같습니다. 이 대나무라는 물건도 오므라진 다음에야 소리가 나지요. 훌륭한 임금이 이 소리를 가지고 천하를 다스리게 될 상서로운 징조입니다. 왕께서 이 대나무를 가져다가 피리를 만들어 불면 세상이 화평해질 것입니다.

우리가 익히 아는 만파식적의 탄생 설화이다.

세상이 화평해진다는 구체적인 덕목은 그다음에 세 가지로 나열된다. 이 피리를 불면, 적병이 물러나고 병이 치료되며, 가뭄에는 비가 내리고 홍수 때는 맑아지며, 바람이 자고 파도가 잔잔해진다는 것이다. 무엇보다 바람이 자고 파도가 잔잔해진다는 구절이 눈에 들어온다. 여기 나오는 사자성어가 풍정파평 風定波平이다.

2019년 봄의 큰 산불은 지독한 바람 때문이었다. 만파식적이 있었으면 불어서 바람을 재웠으련만……. 그런데 피리 소리 들리지 않았는데, 풍정파평은 뜻밖의 기적을 우리에게 선사하였다. 폭죽 같은 소리를 내며 사람을 태운 대나무가 만파식적 같아서이다.

옥계면 대나무 숲의 이야기는 저 먼 옛날 만파식적이 다시 나타난 전설처럼 길이 남을 것이다.

# 매는 왜 꿩을 잡지 않았을까

기독교의 최대 기념일인 2019년 부활절, 스리랑카에서 발생한 연쇄 폭발 테러로 300명 가까운 사람이 목숨을 잃었다. 이날 오전 콜롬보에 있는 성 안토니오 성당을 시작으로 외국인 이용객이 많은 주요 호텔 세 곳에서 거의 동시에 폭발이 일어났다. 부활절을 맞은 교회가 주 타깃이었다. 콜롬보 북쪽 네곰보의 가톨릭교회 한 곳과 동부 해안 바티칼로아의 기독교 교회에서 폭발이 발생하는 등 모두 여덟 곳에서 피해를 입었다.

이 테러도 극단적인 종교 분쟁의 소산이었다. 물론 종교를 앞세운 테러 집단의 만행이지만, 그 근거에 폭력적인 신앙이 자리 잡고 있다는 사실은 우리를 늘 안타깝게 한다. 아니, 안타까움을 넘어 분노에 가깝다. 사회와 역사의 굴곡진 배경을 감안하더라도 집단의 폭력성은 결코 합리화될 수 없다.

이제 우리에게는 차원이 다른 사랑의 거듭남이 진정 필요하다. 『삼국유사』에는 이런 이야기가 전해 온다.


신라 신문왕 때인 683년, 재상 충원공忠元公이 장산국萇山國의 온천에 목욕을 갔다 집으로 돌아올 때였다. 장산국은 지금의 부산 동래이다. 동래는 그때부터 온천으로 유명했다. 일행이 울산 근처인 굴정역屈井驛의 동지桐旨 들에 이르러 잠시 쉬었다. 문득 한 사람이 매를 날려 꿩을 쫓게 하는 것을 보았다. 꿩 사냥을 하는 것이다. 꿩은 금악金岳으로 날아 지나가더니 아득히 자취가 없었다.

충원공과 사람들이 매의 방울 소리를 듣고 찾아갔다. 굴정현의 관청 북쪽에 있는 우물가에 이르자 매가 나무 위에 앉아 있고, 꿩은 우물 안에 있는데, 온통 핏빛이었다. 꿩은 두 날개를 펼쳐 두 마리 새끼를 감싸고 있었다. 매도 불쌍히 여기는지 잡지 않는 모양이었다.


이 이야기는 『삼국유사』 탑상 편에 '영취사靈鷲寺'라는 제목으로 실려 있다. 신령스러운 매의 절, 영취사가 어떻게 만들어졌는지 알려주는 사찰 연기 설화이다. 주인공인 충원공은 여기서만 등장하는 인물이고, 영취사로 보이는 절터는 울주군 청량면 율리에 남아 있다.

우리는 여기서 '죽더라도 새끼들은 지키겠다는 어미 꿩'과 '한낱 짐승으로도 자비를 아는 매'를 보게 된다.

그런데 하이라이트의 순간은 응불확치鷹不攫雉, 매가 꿩을 잡지 않다라는 사자성어가 만들어지는 상황이다. 꿩 잡는 게 매라는데, 꿩을 잡지 않는 매라니 이상하지 않은가. 한낱 짐승으로도 자비를 아는 매란 말인가.

여기 중요한 사실이 숨어 있다.

실로 본능에 따라 움직이는, 한낱 짐승에 지나지 않는 매가 자비심을 일으켜 꿩을 마지막까지 공격하지 않았다고 보기는 어렵다. 우물 깊은 곳이라 날아 들어가지 못했을 수도 있다.

문제는 충원공을 비롯한 사람들의 해석이다. 그 해석이 아름답다. 이 광경을 목격하며 매의 행동을 '매의 불쌍히 여기는 마음'이라 해석한 것은 그들이다. 완악한 욕심만 가졌다면 공격하지 않는 매를 보며 용렬하다고 여겼을 것이다, 꿩을 잡아 오지 않는다고 화냈을 것이다.

나는 이것을 깨우침에 무릎 꿇을 줄 아는 사람이 할 수 있는 어떤 메커니즘이라고 여긴다.

그들은 절의 이름을 영취사, '신령스러운 매의 절'이라고 붙였다. 인도의 영취산은 옛날 석가모니가 설법하던 곳인데, 자비의 화신이 어느덧 신라 땅에 고요히 내려와 앉은 모양새다. 우리는 그런 신라와 신라 사람을 자랑스럽게 생각하거니와, 세계가 이런 사랑과 깨달음의 메커니즘으로 거듭난다면 얼마나 좋을까 싶다.

스리랑카의 부활절 테러 소식을 들으며 새삼 드는 생각이다.

출화변녀 · 出花變女

# 가슴에 품은 꽃 같은 사랑

윤후명 씨의 장편소설 『삼국유사 읽는 호텔』은 아주 특이한 작품이다. 남북 교류가 활발하던 시절, 작가는 문인 방문단의 일원으로 평양에 가게 되고, 거기 머무는 3박 4일간 밤이면 호텔에서 『삼국유사』를 읽으며, 아련한 사랑의 추억과 새삼 발견하는 우리 이야기의 소중함을 음미한다. 요컨대 소설로 풀어 읽는 『삼국유사』이다.

그는 『삼국유사』를 다시 만나, '단순히 머리로 읽는 먼 이야기가 아니라 가슴으로 읽는 지금 이야기'임을 깨닫는다. 그러면서, "마침내 허름한 고향집으로 돌아와서 내가 그토록 찾아 헤맨 진실, 행복이 처마 밑에 제비집처럼 붙어 있는 걸 발견한 사람인 셈이었다."라고 고백하였다. 행복한 만남이 아닐 수 없다.

그 가운데 그에게 가장 감동적으로 다가오기로는 거타지와 서해 신의 딸 용녀 사이의 이야기이다.


신라 진성여왕 때 아찬 양정良貞은 왕의 막내아들이다. 당나라에 사신으로 가는데, 후백제의 군사가 뱃길을 막고 있어서, 활 쏘는 병사 50인을 뽑아 지키게 하였다. 거타지는 그 50인의 궁사 가운데 한 사람이다. 배가 곡도鵠島 곧 지금의 백령도에 이르자 바람과 파도가 크게 일었다. 양정이 근심스러워 점을 치게 하였다.

"섬 안에 신의 연못이 있습니다. 거기에 제사를 지내면 된다고 합니다."

신하가 말했다. 그래서 연못 앞에 제수를 갖추었더니, 연못의 물이 한길 높이나 치솟아 올랐다. 그날 밤 꿈에 한 노인이 양정에게 일렀다.

"활 잘 쏘는 사람 하나를 이 섬 안에 남겨두시오. 순풍을 만나 가실 게외다."

양정이 이 일로 신하에게 물었더니, 나무 간자 50쪽에 궁사의 이름을 쓰고 물속에 던져 가라앉는 자로 하자 했는데, 거타지가 걸려 일행은 모두 떠나고 그만 홀로 남았다.

다음 날 아침, 연못에서 노인이 나타났다. 그는 자신을 서해의 신이라 소개하고, 매일 괴승 하나가 해 뜨는 시각에 하늘에서 내려와 다라니를 암송하며 연못을 세 바퀴 돌면, 물 아래 있던 노인의 식구가 주문에 걸려 속절없이 물 위로 떠오르고, 그때 괴승이 한 명씩 잡아먹었다고 하였다. 이제 남기로는 노인 부부와 딸 하나뿐, 활로 쏴서 이 괴승을 잡아 달라 부탁하는 것이었다.

활쏘기로는 자신 있는 거타지였다. 과연 주문을 외우며 연못을 도는 괴승이 나타나자 거타지는 정확히 활을 쏘았다. 괴승은 곧 늙은 여우로 변해 땅에 떨어져 죽었다. 그러자 노인이 나와 감사하며, 거타지에게 은혜를 갚는 셈으로 자신의 딸을 아내로 삼게 하였다.

불감청不敢請이나 고소원固所願, 거타지는 이런 엄청난 행운이 자신에게 오나 싶었다.

그런데 참 아름답기는 그다음 장면이다. 노인은 자기 딸 용녀를 꽃가지 하나로 변하게 만들어 거타지의 품속에 넣어 주었다. 집으로 돌아온 거타지가 꽃가지를 꺼내 다시 여자로 변하게 하고 함께 살았음은 물론이다.

출화변녀出花變女, 꽃을 꺼내 여자로 변하게 한다는 사자성어가 여기서 나온다.

윤후명 씨는 『삼국유사 읽는 호텔』에서 이 대목을 두고 다음과 같이 쓴다.

63

제비뽑기든 늙은 여우든 문제가 아니었다. 마지막 두 줄에서 나는 그만 눈을 환히 떴다. 덧없는 인생살이를 잊고 나는 가슴속에 품고 온 꽃가지의 여자를 보는 듯하여, 꽃 한 송이 없는 양각도 호텔일망정 내 가슴속에 꽃가지 하나를 넣어 가지고 있다고 여긴다면 더없는 사랑을 안고 있는 거라고 외치고 싶은 마음이었다.

소설의 이 한 대목처럼, '가슴속에 품고 온 꽃가지의 여자'와 같이, 모두 품속에 꽃가지 같은 사랑 하나 만들어 살자.

백령도에서는 마을마다 담벼락에 꽃을 그려 넣는다. 심청의 영향으로 주로 연꽃이지만, 이 섬이 자랑할 꽃의 원조는, 꽃가지로 바꾸어 거타지의 품에 넣은 용녀이다.

2

껍질을 깨고

영산홍 붉은 시절은 짙은 그늘이 좋아 따라갔다더라. 나뭇가지마다 옮겨 앉는,
세월의 어느 저편이 우리를 닮아, 쓰다듬어 잠자코 한숨 골라보는 날, 천년의 세
월은 검은 고목도 기억하지 못한다.
— 경주 진평왕릉 공원

# 앞만 지킬 줄 아니 뒤를 치라

내가 생각하는 일본인의 속성 가운데 하나가 자이언트 콤플렉스이다. 자이언트 콤플렉스는 심리학에 기댄 개념인데, 키나 덩치가 작은 사람이 큰 사람에게 스트레스를 받다 보면 무의식적으로 키나 덩치가 큰 사람에게 위축감을 느끼는 심리 상태를 말한다. 작은 체구의 일본인에게는 이런 콤플렉스가 스며들어 있다.

예를 들어, 일본의 전통 스포츠인 스모는 자이언트 콤플렉스가 반영된 표본이다. 스모 선수의 체구는 결코 일반적인 일본인의 그것이 아니다. 처음부터 평균보다 덩치가 큰 어린아이를 뽑아 들이긴 하지만, 선수로 육성하는 동안 덩치부터 키운다. 드디어 경기장에 올라선 선수는 평균과는 아주 거리가 먼 거인이다. 그런 거인끼리 맞부딪는 첫 장면부터 관객은 열광한다.

왜 이런 경기에 왜 이런 선수를 보며 열광할까. 거인을 만들어 거인의 싸움에서 대리 만족하며, 작은 체구의 자신을 지켜줄 수호신으로서 거인에 대한 믿음과 기대를 담았다고 보인다. 콤플렉스를 이기는 보상 심리다.

누구나 콤플렉스는 있고, 현명하게 이를 이길 방법을 찾는 것은 지혜로운 처사다. 그런데 일본인에게 자이언트 콤플렉스는 비정상적인 데로 흘러가기도 한다. 거인에 대한 맹목적인 믿음과 성원이다.

프로야구 팀 요미우리 자이언츠는 비정상의 한 예이다. 돈 많은 팀이라 모든 유리한 조건에서 좋은 선수를 끌어모았으므로 당연히 성적이 잘 나온다. 그런데도 잘한다고 일본인의 절반 이상이 자이언츠의 팬이고, 나머지 팀은 모두 이 거인을 상대하러 오는 소인이요 적군이다. 처음부터 거인을 만들어놓고 시작한다. 거인은 당연히 이겨야 한다. 그래야 자이언트 콤플렉스를 이겨낸다.

다만 여기까지도 스포츠에 국한되어 그러려니 하고 넘어갈 수 있다. 문제는 정치이다. 집권 자민당은 정치의 거인이다. 자민당이 잘나서 거인이 되었다기보다 일본의 유권자가 그렇게 만들어놓은 거인이다. 이런 거대 정당이 안정적

으로 집권하지 않으면 불안해하는 쪽은 다름 아닌 유권자이
다. 그러면서 맹종盲從한다.

전통은 유구하다. 돌이켜보면 대대로 천왕이나 쇼군將軍
같은 거인에 맹종하는 인민의 역사였다. 그러다 황당한 거
인 하나가 지도자가 되면 공멸을 맞는다. 태평양전쟁이 그
랬거니와, 이즈음 아베 신조安倍晋三가 걸어가는 길이 이와
비슷하다.


우리『삼국유사』에 경북 청도군의 견성犬城에 얽힌 이야
기가 나온다.

때는 바야흐로 후삼국 시대, 고려의 왕건이 후백제의 견
훤을 물리치고 경주 일대를 장악할 수 있었던 중요한 싸움
이 여기서 벌어졌다.

왕건이 견성을 치려는데 좀체 떨어지지 않았다. 여기를
지나야만 경주로 가는데, 산적이 견성에 모여들어 교만을
떨며 버티었다. 왕건은 이 지역을 잘 아는 보양寶讓 스님을
찾았다. 스님은 당나라에 들어갔다 돌아와서 먼저 밀양의
봉성사奉聖寺에 머물러 있었다.

왕건이 스님에게 어떻게 적을 쉽게 제압할지 물었다. 법
사가 대답하였다.

"무릇 개라는 짐승은 밤을 타서 움직이지 낮을 틈타지

않고, 앞만 지키면서 뒤를 잊어버립니다. 마땅히 낮에 뒤쪽을 치소서."

견성이라는 이름에서 개를 떠올리고, 산적을 개의 무리에 비견한 보양의 솜씨가 빛난다. 개는 무릇 앞만 지키면서 뒤를 잊어버린다는 것이다. 개는 개이면서 왕건에 맞서는 산적을 이르는 이중의 의미를 지녔다.

수전망후守前忘後.

근시안적 태도, 깊고 넓은 생각이 없는 경우에 쓸 수 있겠다.


아베와 그 무리를 견성의 산적에 비유하면 이웃 나라 지도자에 대한 결례일까. 결례를 따지기에는 저들의 태도가 앞만 보고 전진하던 옛날 군국주의 시대를 떠올리게 해 경황이 없다. 한마디로 걱정스럽고 두렵다.

이미 그렇게 갈 길을 정했다면 우리가 대처할 방법도 명확하다. 낮에 뒤를 치는 것이다. 앞만 보느라 뒤를 잊고 있으니 말이다.

# 진정 두려워할 일

수로부인水路夫人은 『삼국유사』에 나오는 가장 매력적인 캐릭터이다. 이야기의 전말을 추려보면 다음과 같다.

신라 성덕왕 때, 수로부인이 강릉 태수로 부임하는 남편 순정공純正公을 따라 길을 떠난다. 경주에서 강릉으로 가는 길은 지금의 7번 국도였을 것이다. 해변에서 점심을 먹다가 부인이 절벽에 핀 철쭉꽃을 탐낸다. 아무도 절벽을 오르지 못하는데, 한 노인이 암소를 몰고 가다가 멈춰 서더니, 그 꽃을 꺾어 와 노래까지 지어 부르면서 바쳤다. 이 노래가 「헌화가」이다.

이틀 뒤, 이번에는 바닷가에서 점심을 먹다 부인이 바다 용에게 납치당한다. 심각한 사태였다. 또 한 노인이 지나다

해결할 방법을 알려주는데, 마을 사람을 모아 지팡이로 해안을 두드리며 노래하라 하였다. 이 노래가 「해가」이다. 용궁에서 풀려난 부인은 세상의 무엇과 비할 수 없는 용궁의 화려함을 자랑한다.

수로부인을 소개하는 구체적인 사건은 이렇게 두 가지이다. 그러나 이후에도 강릉까지 가는 동안 매번 깊은 산과 큰 연못을 지날 때면 여러 차례 신물神物들에게 끌려간다.


일반적으로 수로부인 이야기는 동해안의 풍농풍어제에서 나온 것으로 이해한다. 꽃으로 장식된 아름다운 부인이 바다에 납치되어 갔다가 돌아오는 과정으로 만든 축제의 스토리라인이다. 마을 축제이다 보니 나이가 있고 경험 많은 어른이 부인의 상대역이다.

이는 두 번째 사건에서 더 두드러진다.

바다의 용에게 납치된 부인을 구하기 위한 방법을 일러주고, "옛사람이 말하기를 뭇입은 쇠라도 녹인다 했으니, 이제 바닷속 외람된 놈이 어찌 뭇입을 두려워하지 않겠는가故人有言 衆口鑠金 今海中傍生 何不畏衆口乎."라고 말하는 대목이다. 여기서 중구삭금衆口鑠金이 나온다.

뭇입이란 오늘의 말로 여론이고, 싸움에서 이기자면 무엇보다 마음을 하나로 묶는 일이 중요하다. 나이 든 노인의 경험에서 우러나오는 지혜이다.

중구삭금은 출전이 따로 있다. 좌구명左丘明이 지은 중국의 고전『국어國語』경왕 24년 조에 나오는 '중심성성衆心成城 중구삭금衆口鑠金'이 그것이다. 마음이 합치면 성이라도 쌓을 수 있고, 뭇입은 쇠라도 녹인다.

경왕은 중국 주나라의 제24대 왕이자 동주 시대의 열두 번째 왕(재위 기원전 544~기원전 520)이다. 경왕이 화폐 개혁에 이어 커다란 종을 만들려고 했다. 충성스러웠던 신하인 단목공과 주구가 나섰다. 큰 종이 조화로운 소리를 내지 못할 뿐 아니라 백성의 재물을 축내 괴롭게 만든다고 반대한 것이다. 경왕은 그들의 말을 무시했다.

종이 완성된 뒤, 주구는 다시 경왕에게 그 일이 잘못된 것임을 간언하면서 이 말을 하였다.

그래서 이 구절을 이렇게도 해석한다. 뭇사람이 마음으로 좋아하는 바는 물리칠 수 없으니 그 단단함이 성과 같고, 뭇사람이 하는 말은 비록 쇠라도 부술 수 있다.

사람이 함께 하는 생각과 말은 곧 여론이다. 거기에 지혜가 따른다면 두려운 힘이 생긴다. 세상의 모든 이치가 여기서 나온다. 지혜란 많은 사람이 많은 경험 속에 뜻을 모아 내리는 결론이다.

그것은 세상을 이끌어갈 가장 바른 여론이다. 이것 말고 두려워할 다른 것은 없다.

장무곡중·藏鍪谷中

# 무기여 잘 있거라

경주의 보문관광단지에서 포항 가는 옛길을 따라가다 오른쪽으로 빠져 야트막한 언덕을 넘으면 암곡이라는 계곡이 나온다. 그러니까 덕동호의 상류에 있는 계곡이다. 계곡이 다한 곳에 무장사鍪藏寺라 불리던 옛 절터가 있다.

『삼국유사』에서는 이 절터를 다음과 같이 설명한다.

그윽한 골짜기는 삐쭉 솟아나 마치 깎아서 만든 것 같다. 그윽하고도 깊어서 저절로 빈 마음이 생기니, 곧 마음을 편히 하고 도를 즐길 만한 신령스러운 곳이다.

저절로 생긴 빈 마음에 도를 즐길 만한 곳.

그래서였을까, 경주 사람들은 일찍부터 이곳을 눈여겨보았다. 먼저 신라 제38대 원성왕(재위 785~798)의 아버지 곧 명덕왕으로 추봉된 대아간 효양孝讓이 숙부 파진찬을 기리기 위해 절을 지었다. 처음 절이 지어진 기록이다.

그런가 하면 제39대 소성왕(재위 799~800)의 비 계화왕후桂花王后에게는 슬픈 사연이 있다. 왕후는 왕이 먼저 죽자 마음이 우울하고 허황하기만 했다. 슬픔이 지극하여 피눈물을 흘리고 마음은 가시에 찔리는 듯했다. 그래서 왕의 밝고 아름다움을 기리고 명복을 빌기로 하였다. 왕후는 서방에 큰 성인이 있어 곧 미타라 하는데 지성껏 모시면 잘 구원하여 맞이해준다는 말을 들었다. 서방의 성인이란 곧 부처를 말하는 것이다. 왕후는 온갖 호사스러운 옷을 시주하고, 창고에 가득 쌓인 재물을 내놓아 좋은 기술자를 불러다 미타상 하나와 여러 신을 만들어 모셨다.

원성왕이나 소성왕이나 모두 파란만장한 생애를 살다 간 사람이다. 전쟁과 권력의 싸움이 그치지 않았고, 그 칼끝에 비명횡사했다. 그들에게 이곳은 마음의 평안을 찾는 장소였을 것이다.

일연은 다음과 같은 신령스러운 이야기도 남겼다.

절에 한 노승이 살았다. 문득 꿈에 진인眞人이 석탑의 동남쪽 언덕 위에 앉아 서쪽을 바라보고 대중들에게 설법을 했다. 노승은 속으로 이 땅이 반드시 불법佛法이 머물 곳이라 생각했으나, 마음속에 감춰두고 사람들에게 말하지 않았다.

꿈속에 본 불법이 머물 곳.

그러나 이곳은 본디 험한 계곡이다. 바위는 험준하고 물살은 세서 기술자가 손을 대지 못하고, 모두들 다가가기도 불가능한 곳이라 했다. 그러나 땅을 골라내 평탄한 터를 만드니, 절 채를 지을 만했다. 완연히 신령스러운 터전이었다. 보는 사람마다 놀라지 않는 이가 없이 잘했다 칭찬하였다. 그래서 끝내 절을 완성했다는 것이다.

다만 일연 당시에도 전각은 무너지고, 겨우 한쪽에 한 칸만 남아 있었다.

지금은 그마저도 없다. 경주에 갈 때면 시간을 내서 이 계곡을 찾곤 하였는데, 일연의 표현처럼, 그윽하고도 깊어서 저절로 빈 마음이 생기는 것만으로 만족한다.

그런데 무장사라는 이름은 무기를 보관한 창고라는 뜻이다. 어쩌다 절 이름이 이렇게 붙여졌을까? 일연 또한 의아스러웠던지, "사람들이 전하기로는, '태종이 삼한을 통일한 다음, 계곡 안에 무기와 투구(鍪)를 감추어(藏) 두었다. 그래서 이름 지었다'라고 한다."라는 기록을 추가하였다. 여기서 사자성어로 장무곡중藏鍪谷中이 나온다. 절의 이름인 무장사도 이에 연유한다.

태종 곧 김춘추는 왜 이 깊은 계곡에 무기를 감추었을까. 전쟁을 다시 일으키지 않겠다는 마음일까, 만일의 사태를 대비하기 위한 방책일까. 어느 쪽이건 매우 지혜로운 판단의 결론이다. 무기는 함부로 휘두르지 말아야 하지만, 없어서도 안 되기 때문이다.

이는 분명 태종의 심모원려深謀遠慮였다. 그러나 깊고 먼 생각을 받아들일 만한 그릇이 안 되는 후손에게 그것은 서로를 죽이는 무기로 다시 쓰였다. 실로 원성왕이나 소성왕은 그래서 죽었다. 아예 칼과 창을 녹여 쟁기와 보습을 만들었어야 했다.

넬슨 만델라가 석방된 후 남아프리카공화국의 정세는

무덤인지 넉넉한 둔덕인지, 왕조가 우리에게 기억하기 바라는 것은 흙더미에 지나지 않는다. 눈을 들라. 먼 데 응시하며 우리가 끝내 찾아야 한다.
—경주 진평왕릉 공원

좀체 안정되지 못하였다. 흑인 사이에도 분열의 연속이었다. 급기야 유혈 사태로까지 번지자 만델라는 호소하였다.

"여러분 손에 들린 칼과 총을 바다에 버리십시오."

나라는 진정되고 만델라는 대통령에 뽑혔다.

그러나 만델라 퇴임 후 유감스럽게도 후계자들이 그의 평화를 지키지는 못하고 있다. 칼과 총이 다시 횡행한다.

헤밍웨이의 명작 『A Farewell to Arms』는 '무기여 잘 있거라'로 번역하지만, 우리말 '잘 있거라'는 이중의 뜻을 지녔다. 헤어짐이기도 감춤이기도 하다. 여기서는 헤어짐이다. 감춘 무기는 언젠가 누구에게 들이댈지 모르는 무기로 돌아온다. 그러므로 분명히 헤어져야 한다.

# 만파식적과 가미카제

나라를 지키는 수호신으로 일본에 가미카제神風가 있다면 우리에게는 만파식적萬波息笛이 있었다.

일본의 전설에서 또는 역사에서 가미카제가 등장했다. 여왕 진쿠神功가 신라를 치러 갈 때, 고려와 원의 연합군이 일본에 쳐들어왔을 때 가미카제가 불었다. 임진왜란을 일으킬 때, 심지어 태평양전쟁에 애꿎은 젊은이를 자살 특공대로 내몰 때, 일본에서는 어김없이 가미카제가 등장했다. 호국의 상징으로 잘도 써먹었다.

이 반대편 우리 쪽에 서 있는 것이 문무왕의 수중릉과 만파식적이다.

삼국통일을 실질적으로 완수한 이는 문무왕이다. 살아서

통일을 이루었을 뿐만 아니라, 죽은 다음의 일까지, 나라를 지키려는 그의 노심초사는 끝이 없다.

문무왕은 신라를 길이 보전할 마지막 방책으로 수중릉에 묻혀 동해의 용이 되겠다고 말한다. 외적으로부터 나라를 지키겠다는 것인데, 구체적인 언급을 하지 않았지만 외적은 일본을 지목하는 듯하다. 수중릉은 만파식적으로 이어진다.

사실 이 만파식적은 다만 일본의 위협에서 벗어나자는 소극적인 의미를 가진 물건이 아니었다. 처음에 대나무를 바친 용이 말한 대로, 이 피리를 불면 '천하가 화평해진다'는 것이고, 그것은 '값으로 칠 수 없는 큰 보물'이다. 다음 대목에서 이는 보다 구체화된다.

> 적병이 물러나고 병이 치료되며, 가뭄에는 비가 내리고 홍수 때는 맑아지며, 바람이 자고 파도가 잔잔해지는 것이었다.

만파식적의 효용 가치는 이렇듯 여섯 가지로 열거되고 있다. 이것을 둘씩 묶어보면 안보, 농사, 어업이다. 한마디로 나라가 편안할 조목이다.

김부식도『삼국사기』에서 만파식적을 언급했다. 그러나 다분히 전설적인 그것으로 그치고 만 데 비해, 일연은『삼국유사』에서 매우 적극적으로 이 피리를 소개하였고, 그 방향은 왠지 자꾸 일본 방어 쪽으로 기울었다. 일연의 이 같은 기술 태도를 어떻게 보아야 할까. 왜 일본에 대해 그토록 민감하게 반응한 것일까.

일연의 시대에 고려는 몽골의 요구에 못 이겨 일본 정벌에 동원된다. 정벌은 몽골군과의 연합작전이었지만 고려로서는 이런 큰 싸움을 해본 적이 없다. 더욱이 바다를 건너가야 하는 해전海戰이다. 그런 우리 군사에게 바다를 두려워하지 않을 신념과 용기가 필요했다. 일연은 만파식적을 떠올렸다. 이 피리는 바람을 재우고 파도를 잔잔하게 만든다. 군사에게 줄 신념과 용기의 도구요 상징이었다.

저쪽 편에는 바람을 일으키는 가미카제가 있다. 우리는 바람을 잠재우는 만파식적이다. 어느 것이 더 센지, 결과야 붙어봐야 안다.

다만 한 가지, 가미카제와 만파식적 사이에는 결정적인 차이가 있다. 가미카제는 폭력적이어서 방향의 제어가 불가능해지자, 예컨대 태평양전쟁의 가미카제 특공대처럼 왜곡되고 말았다. 만파식적은 천하가 화평해지는 것을 목표로 삼는다.

같은 수호신인데 한쪽은 폭력이요 한쪽은 평화로 연결된다.

옛이야기를 꺼내 지금의 시대와 견주자니 상황이 다르지 않다. 우리를 둘러싸고 가미카제 같은 폭력이 서슬 푸르다. 우리는 만파식적의 나라이다. 당장의 폭력에 무기력해 보일지 모르나, 이것이 '값으로 칠 수 없는 큰 보물'임을 믿어야 한다.

한우우청旱雨雨晴, 가뭄에는 비가 내리고 홍수 때는 맑아지는 세계가 우리 손에 달려 있다.

# 기대는 둥근달, 현실은 초승달

추석 같은 명절이 지나고 나면 민심의 동향을 알리는 뉴스가 나온다. 지역구 국회의원이나 현장을 취재한 기자의 입을 통해서이다. 2018년 가을에는 두 가지가 눈에 띄었다.

첫째, 한 민주당 의원이 SNS에 남긴 글과 사진이다. 자신의 102세 노모가 문재인 대통령을 통해 보내온 김정은 위원장의 송이버섯 선물을 받고 어린아이처럼 기뻐하는 모습이다. 이 의원은 큰누님이 북에 있다. 김 위원장이 보낸 버섯은 실향민 4,000명에게 500그램씩 나누었는데, 남북 관계가 순조로운 그때의 분위기를 잘 보여준다.

둘째, 한 기자가 서울의 광장시장에서 보낸 기사이다. 상인 한 사람이 "좀 보세요. 사람만 많지, 어디 앉나, 안 앉지."

라며, 예전보다 물건 사는 이가 적어진 시장 풍경을 전한다. 이른바 경제의 3대 지표라는 물가, 고용, 소비 심리가 다 좋지 않은 그해 추석이었다. 부동산 대책은 허둥대고 최저임금 인상은 논란 중이었다.

한마디로 남북 문제는 잘나가는데 경제는 '아직'이었다.

그러나 사실 언제든 뭐든 다 좋은 적이 있었나. 정책이 자리 잡는 데는 시간이 필요하고, 잘하고 못하고는 사람마다 생각이 다른 법이다. 잘한다는 남북 문제도 너무 앞서 나간다고 걱정하는 이가 있는가 하면, 최저임금 인상이 지금 경제의 발목을 잡는 것은 아니라고 말하는 이도 있다. 그보다는 훨씬 근본적인 문제를 돌아보고 싶다.

문재인 정권이 출범하고 첫해 추석, 민심을 전하는 한 국회의원의 발언이 기억에 남는다.

"기대는 만월이나 현실은 초승달이다."

새 정권이 들어서면 누구나 만월 같은 기대를 한다. 더욱이 촛불 민심으로 탄생한 정권에 대해서랴. 그러나 현실은 그렇게 빨리 달라지지 않는다. 열광하는 촛불의 광장에서 돌아와 내 초라한 안방으로 들어서면 우리를 맞는 것은 서늘한 공기이다.

그래서 생각나는 『삼국유사』의 이야기가 있다.

서기 660년, 신라가 백제를 치러 나가던 해였다. 본디 백제의 마지막 왕 의자義慈는 용맹하여 담력이 있고, 부모에게 효도하며 형제간에 우애가 깊어 해동의 증자曾子라고 불리었다. 그런데 점점 주색에 깊이 빠져버려 정치가 어지럽고 나라가 위태하게 되었다.

그때 귀신 하나가 궁중에 들어와 크게 외쳤다.

"백제는 망한다. 백제는 망한다."

그러고는 곧 땅속으로 들어가 버렸다. 왕이 괴이하게 여겨 사람을 시켜 땅을 파보게 했더니, 깊이가 세 자쯤 되는 곳에서 거북이 한 마리가 나왔는데, 등에 '백제는 둥근 달이요, 신라는 새로 돋는 달'이라는 글귀가 새겨져 있었다.

왕은 먼저 한 무당에게 물었다. 무당은, "둥근 달은 가득 찬 것입니다. 찼으니 이지러지지요. 새로 돋는 달이라는 것은 차지 않은 것입니다. 차지 않았으니 점점 차오르지요."라고 풀었다. 전자는 저물어가는 백제요, 후자는 미만점영未滿漸盈, 차지 않았으니 점점 차오르는 신라라는 말이다. 사세를 정확히 파악한 해석이었다. 그러나 왕은 화를 내며 무당을 죽였다.

다른 이가 말했다. "둥근 달은 번성한 것이요, 새로 돋는 달은 미미합니다. 아마도 우리나라는 번성하고 신라는 매우 미미하다는 뜻이겠지요." 왕은 기뻐하였다.

그러나 삼켜서 달콤한 이런 헛말에 기뻐하다 무엇을 얻었는가.

민심을 통해 해석한 '기대는 만월이나 현실은 초승달' 같은 말이 의자왕의 이야기와 똑같지는 않다. 서로 통하는 점이 있다면, 초승달 같은 초심初心을 지키자는 것이다. 정권을 잡아 운영하는 이가 결코 버려서 안 될 마음가짐이다. 어떤 정권이건 담당자 저들이 잘나서 나라 일 잘되는 것 본 적 없다.

나에게 냉정하고 남을 두려워하는 자세가 우리에게 참된 담대膽大를 줄 것이다. 지금은 미만未滿이나 꾸준히 노력하여 점영漸盈하리라 믿는다면 말이다.

획리섭래 · 獲利涉來

# 풍등을 띄운 마음

지난 2018년 10월 7일, 경기도 고양시 덕양구의 대한송유관 공사 고양 저유소에서 유증기 폭발과 함께 매우 큰 화재가 발생했다. 근처 터널 공사장에서 일하던 스리랑카 출신 노동자가 풍등風燈을 날린 것이 화근이었다.

이 혐의로 긴급 체포됐다 풀려난 스리랑카인은 석방 직후 동료와 저녁 식사를 함께 하면서 속내를 털어놨다. 평소 한국 사람이 그런 놀이 하는 것을 보고 호기심에 불을 붙였다, 바람이 불어서 풍등이 날아가기에 급하게 쫓아갔지만 놓쳤다……. 본의 아닌 실수였고, 사회적으로 이렇게 큰 문제가 될 줄 몰랐다며, "폭발이 일어난 사실은 알았지만 나 때문일 거라고는 생각도 못 했다."라고 했다.

공사장 관리자와 동료는 그가 외국인 노동자 중에서도 유독 성실했다고 입을 모았다. 한국 국적을 취득하기 위해 한국어 공부를 한다고도 전해졌다. 고의가 아닌 이상, 그의 실수를 그냥 눈감아줄 수는 없어도 사고의 책임 전부를 떠밀기는 지나치다. 더불어 새삼 외국인 노동자의 처지를 다시 바라보게 하는 사건이었다.

고향과 가족을 떠나 일자리를 찾아온 그들은 절박하다. 환경의 열악함 따위는 안중에 없다. 악착같이 돈 벌고 성공하여 돌아갈 날만 손꼽는다. 기회가 된다면 이곳에 아수 정착할 작정이다. 그러기에 당장의 보장된 인권과 합당한 처우는 바라지도 않는다.


『삼국유사』에는 가야의 김수로왕과 결혼하러 멀리 인도에서부터 찾아온 허황옥의 이야기가 실려 있다.

지금 김해시의 허황옥 능 앞에 남아 있는 바사석탑에 얽힌 사연도 나온다.

처음 허황옥이 부모의 명을 받고 바다에 나가 동쪽으로 가려던 참이었다. 파도 신의 노여움에 막혀 이겨내지 못하고 돌아와 아버지에게 아뢰었다. 그러자 아버지는 탑을 싣고 가라 하였다. 그랬더니 과연 제대로 건너와 남해 바닷가에 정박하였던 것이다.

제대로 건너와 남해 바닷가에 정박했다는 대목의 원문은 '획리섭래박남애獲利涉來泊南涯'라는 일곱 글자이다. 여기서 이섭利涉은 바다를 무사히 건넌다는 말이다. 그런데 앞의 네 글자 곧 획리섭래獲利涉來만 떼놓고 번역해보면, 어떤 이익을 얻고자 바다를 건너왔다는 뜻이 된다. 허황옥에게 이익이란 김수로왕과 결혼하는 일일 것이다.

오늘날 수많은 허황옥이 바다 건너 우리나라로 오고 있다. 그들은 한결같이 허황옥처럼 어떤 이익을 얻고자 왔다. 우리나라에 오는 외국인만 그러겠는가. 세계로 흩어지는 난민을 보며 드는 생각이 같다.

사실은 받아들이는 쪽도 마찬가지이다. 난민에 대해 가장 너그러운 독일의 경우, 그들이 단지 난민을 불쌍히 여겨 받아들이는 것만은 아니다. 제 나라의 부족한 노동력을 충원하려는 목적이 있다. 크게 보면 인류의 역사가 그렇게 이동하며 살아온 과정이었다.

스리랑카 노동자는 이웃 학교에서 풍등을 날리는 아이들을 보며 부러웠다고 했다. 새삼 고향과 고향의 어린 시절이 겹쳐졌을 것이다. 비록 지금의 처지는 획리섭래, 어떤 이익을 얻고자 바다 건너온 노동자이지만, 그 또한 그리운 고향과 어린 시절을 품고 사는 인간이다.

김수로왕은 허황옥을 보며 하늘이 보낸 귀한 짝이라 하였다. 지금은 황옥의 먼 후손쯤 되는 노동자가 와 있다. 귀한 짝까지는 아니라 해도 필요한 짝이라 여길 정도의 마음은 낼 수 있지 않을까.

허황옥이 아버지에게 받아 온 바사석탑은 지금 김해의 수로왕비릉 앞에 있다. 이번에 처음으로 김해를 떠나 서울 나들이를 했다.
—2019년 국립중앙박물관 '가야본성' 전시회에서

# 스님의 기우제

고려 시대에 들어 승려를 관리하는 제도적 장치가 마련되었다. 왕사王師와 국사國師 제도는 그 가운데 하나이다.

이규보李奎報는 말한다.

"대개 왕사라는 것은 다만 한 임금이 본받는 것이요, 국사라는 것은 곧 한 나라가 의지하는 것이다."

이것이 왕사와 국사에 관한 가장 일반적인 뜻이라 할 수 있다. 이규보의 이 말은 불교의 틀이 완전히 갖춰지고 국가 종교로서 기능을 수행하는 고려에 와서야 가능했다. 통상 왕사는 국왕의 명령으로 법회를 주관하고, 축수, 기우제, 치병의 의례 그리고 과거시험에서 승과僧科를 주재하도록 했다.

특히 기우제에 대한 여러 기록이 눈에 띈다.

해린海麟은 고려 문종 10년(1056)에 왕사가 되고, 12년에 국사로 봉해졌다. 아직 왕사가 되기 전이었는데, 해린은 가뭄이 심하자 궁궐에서 『법화경』을 읽었더니 과연 비가 왔다. 이런 신이한 기적 때문에 왕사로 임명되었는지 모른다. 왕사에게 기우제는 그만큼 중요한 임무였다.

기우제를 맡는 왕사의 역할이 어떤 의미를 가지는가는 이규보의 다음과 같은 글을 통해 잘 확인된다.

> 희종 4년(1208)에 가뭄이 심하였다. 임금이 지겸志謙을 내도량內道場에 맞아들여 설법하게 하였는데, 5일이 되도록 비가 오지 않았다. 스님이 발분하여 부처에게 기도하기를, "불법은 스스로 행해지는 것이 아니고 모름지기 국주國主에 의지해야 합니다. 지금 만약 비가 오지 않으면 영묘한 감응은 어디에 존재하겠습니까."라고 하였다. 얼마 안 있어 단비가 퍼부으니 이때 화상우和尚雨라고 하였다.
>
> —이규보, 「정각국사 비명」에서

여기 나오는 지겸은 왕사로 있다가 죽었고, 국사로는 추증追贈된 이이다. 그에게 따라 붙은 화상우和尚雨 곧 스님의 비라는 말 속에 참으로 복잡한 사정이 다 들어 있다.

복잡한 사정이란 이런 것이다.

농업은 국가의 기간산업이고, 비는 풍흉豊凶을 가르는 절대적인 조건이다. 그러나 가물어 비가 필요할 때 그 기우제를 왕사가 담당했다는 것이 특이하다. 그것은 참으로 고통스러운 일이었다. 왕사의 기우제 성패에 심지어 불교의 성패가 달려 있었기 때문이다.

가뭄이 계속되면 왕은 정치적 부담을 안게 된다. 이럴 때 왕사가 기우제를 지내고 때마침 비가 오면, 그 공은 왕에게까지 미쳐 정치가 잘되고 있다 선전할 수 있다. 반면 비가 오지 않으면 그 실패 원인을 왕사의 약한 법력으로 돌려, 왕이 짊어져야 하는 책임을 분담 또는 전가할 수 있다. 복잡한 사정이란 이를 두고 하는 말이다.

얼마 전, 우리나라에서도 인공강우 실험을 했다. 규모도 작았고 그마저 실패였다. 그랬더니 이를 두고 말이 많다.

사실 우리 수준이 그 정도였다. 그런데 환경부와 기상청이 대통령의 지시에 지나치게 민감하였다는 비판이 쏟아졌다. 현대판 기우제의 씁쓸한 이면이 아닐 수 없다. 성과에 조

역사의 핵심적인 자리에는 물이 있다. 물은 첨성대 지붕에 샘처럼, 분황사 마당에 불처럼 놓인다. 물은 곧 목숨이 된다.
─경주 분황사

급해하지 말고, 차분히 기술력을 쌓아가면 좋겠다.

스님의 기도에도 시간이 걸릴 뿐 결국 비가 오지 않았는가. 심각한 책임을 져야 할 일은 일어나지 않았다. 기도 시간이 길어지는 고통만 감내하면 된다.

# 대식가 김춘추의 먹성

역사상 대식가라면 단연 김춘추이다. 그의 하루 식사량이 얼마인지, 『삼국유사』에는 다음과 같이 자세히 나왔다.

왕은 하루에 쌀 서 말과 꿩 아홉 마리를 먹었는데, 경신년 백제를 멸망시킨 후에는 점심은 그만두고 아침과 저녁만 하였다. 그래도 계산하여 보면 하루에 쌀이 여섯 말, 술이 여섯 되, 그리고 꿩이 열 마리였다. 성안의 시장 물가는 베 한 필에 벼가 30석 또는 50석이었으니 백성은 성군의 시대라고 말을 하였다.

삼두구수三斗九首 곧 쌀 서 말에 꿩 아홉 마리를 먹었다.

그러다 다이어트를 하자는 것이었을까, 점심을 걸렀는데도 도리어 하루 전체의 양은 늘어났다. 이때 그의 나이 58세였다.

이에 대해 다른 견해도 있다.

조선 시대를 기준으로 보면, 왕을 위해 차린 음식의 양이 어마어마했지만, 왕이 먹은 뒤 남은 반찬은 밥만 바꾸어 대신들이, 다음에는 그 밑의 신하들이 먹었다. 이걸 '물림상'이라고 한다. 이렇게 보면 김춘추 혼자 다 먹었다기보다는 왕을 포함한 궁중의 신료가 함께 먹은 음식 전체가 한 끼에 쌀서 말이라는 것이다.

나아가 이는 김춘추의 시대가 그만큼 풍요로웠음을 나타낸다고 보았다. "백성은 성군의 시대라고 말하였다."라고 하지 않았는가.

물론 이런 견해도 타당하다. 그러나 김춘추가 정말 그렇게 많이 먹었을 수도 있다. 왕에게 최고의 수라상을 바치는 까닭은 백성이 편히 잘살 수 있게 좋은 정치를 하라는 의미였지만, 큰일을 한 인물의 이만한 식성은 자랑스럽기도 하다. 비록 역사적 평가에서 이견이 많지만, 세 나라를 하나로 통합해, 한반도에 진정한 한 민족의 나라가 시작하도록 한 김춘추의 업적은 크다. 삼두구수를 먹어서 부끄럽지 않다.

조선 시대 양반은 보통 하루에 다섯 끼를 먹었다고 한다. 아침에 일어나자마자 간단한 죽 같은 것을 먹은 다음 아침 10시쯤 정식 아침밥을 먹고, 12시와 1시 사이에 국수 같은 가벼운 점심을 먹었다. 오후 5시쯤에 제일 화려한 저녁밥을 먹고, 마지막으로 잠자리에 들기 전 간식 같은 가벼운 음식을 먹었다.

양반의 식탁에는 기본 밥과 국, 고기, 생선, 탕, 찌개, 전, 구이, 나물, 김치 등이 다채롭게 차려졌는데, 하인이 하루 다섯 끼 식사를 준비하기 위해서는 동트기 전 새벽부터 깜깜한 밤에 이르기까지 꼬박 수고를 쏟아야 했다.

한국국학진흥원이 간행한 스토리테마파크 웹진 『담談』 2월호 '양반의 식도락'에서 인용한 부분이다.

이런 이야기에 쓴소리를 던지는 사람이 많다. 양반이랍시고 위세나 부리며 아무 하는 일 없이 먹기는 많이 먹었다고 말이다. 양반이 다 그렇겠는가만, 자리 차지하고 제 할 일 다 하지 못하면 오늘날에도 이런 욕을 먹기 딱 알맞다. 김춘추처럼, 큰일 하며 삼두구수 먹으면 누가 뭐라 하겠는가.

# 내부 분열의 비극

위만조선은 단군조선에 이어 우리 역사상 두 번째 세워진 조선이다. 위만조선이 세워지기까지는 매우 복잡한 과정을 겪는다.

기원전 2세기 무렵, 중국의 연燕나라가 단군조선을 쳐서 정복하였는데, 진秦나라가 연나라를 멸망시키고 요동 밖을 예속시켰다. 그런데 한漢나라가 세워진 다음, 이 지역이 수도에서 너무 멀어 지키기 어렵게 되자, 요동의 변방에서 패수浿水까지 다시 연나라에 속하게 했다. 그런데 연나라 왕 노관盧綰이 도리어 흉노로 들어가 버려 이 땅이 비었다.

이때 나타난 사람이 위만魏滿이다. 그는 본디 연나라에서 살던 단군조선의 유민이었다. 무리 1,000여 명을 이끌고 망명하여 동쪽 변방으로 와서 패수를 건넜다. 차츰 진번과 조선의 유민과 옛 연나라·제나라에서 망명 온 사람을 함께 부려 왕이 되고, 왕검에 도읍을 삼았다. 무릇 국경이 수천 리에 이르는 큰 나라가 되었다.

그러던 위만조선이 위기를 맞게 된 것은 기원전 109년이었다. 한나라 사신 섭하涉何가 와서 그들의 명령을 들으라고 하였다. 그때 위만조선의 왕 우거는 끝내 조서를 받들려 하지 않았다. 섭하는 돌아가다가 국경에 이르러 패수를 마주한 곳에서 자기를 전송하러 온 조선의 비왕장裨王長을 찔러 죽였다. 한나라 천자는 섭하를 요동의 동부도위東部都尉에 임명하였다. 그러자 위만조선 사람들이 섭하를 원망하여 기습적으로 쳐들어가 죽였다.

섭하의 죽음은 전쟁을 불러왔다. 천자가 누선장군 양복楊僕과 좌장군 순체荀彘를 요동으로 출정시켜 우거를 치려 하였다.

그러나 우거와 위만조선의 군사도 만만치 않았다. 양복이 군사 7,000명으로 먼저 왕검성에 이르렀는데, 우거가 성을 지키며 살피다가 양복의 군사가 적은 줄 알고 곧 나아가 쳤다. 군사가 패해 달아나고, 양복은 무리를 잃고 산중으로 도망갔는데, 겨우 죽음을 면하였다. 순체는 패수 서쪽 군대를 쳤으나 이기지 못하였다.

― 우거가 몇 달 동안 견고히 지키니 함락시킬 수 없었다.

　『삼국유사』에서는 이 장면을 이렇게 전한다. 여기서 사자성어인 견수불하堅守不下 곧 굳게 지켜 함락시킬 수 없다는 말이 나온다.

　그런데 위만조선은 끝내 한나라에 굴복했다. 무슨 까닭일까?

　전쟁이 길어지고 한나라의 강력한 힘에 위협을 느끼자 재상 노인路人·한음韓陰·참參과 장군 왕겹王唊이 모여 협의해 항복하자고 했다. 물론 우거는 받아들이지 않았다. 그러자 한음·왕겹·노인은 모두 도망하여 한나라에 항복하였고, 마지막에 참이 우거를 죽이고 항복하였다. 멸망은 내부의 분란에서 시작한 것이다.

　팽팽히 맞서는 두 팀의 대결에서 균형이 깨질 때 보면 대부분 어처구니없는 실책 때문이다. 실책은 내부 분열을 불러온다. 실력이 모자라서 지는 것이 아니라 팀워크가 흐트러져 스스로 무너진다. 견고하던 위만조선이 내부 분열로 말미암아 멸망한 것과 같다. 물론 한음과 왕겹 같은 신하가 우거를 배신하고 항복한 것은 나라에 대한 씻을 수 없는 죄악이다. 게다가 사세를 판단하지 못하고 고집만 피운 우거 또한 딱하기 그지없다.

조직이 튼튼하고 성과가 좋은 배경에는 유기적으로 움직이는 시스템이 있다. 그 시스템이란 원활한 소통의 다른 이름이다. 그것이 견수堅守이다.

# 껍질을 깨고 허물을 벗고

주몽은 해모수와 유화 사이에 알로 태어났다. 우리나라 신화에서 알 모티브는 중국의 신화가 원형이다. 최초의 조상 반고나 은나라 시조 설의 탄생이 그렇다. 그러나 알은 아기라는 말의 어원으로 여길 만큼, 우리 또한 이 모티브를 적극적으로 활용했다. 주몽만이 아니라 혁거세와 수로도 난생신화의 주인공이다.

북부여의 왕 해부루가 자리를 옮겨 동부여를 세우고, 부루가 죽은 다음 그 자리를 금와가 이었다. 태백산의 남쪽 우발수優渤水에서 금와왕을 만난 한 여자가 말했다.

나는 하백河伯의 딸이요, 이름은 유화柳花입니다. 여러 동생

들과 나와 노닐 때에 한 남자가 자신은 하늘님의 아들 해모수라 하고, 나를 웅신산 아래 압록강 변에 있는 집 안으로 꾀어 관계를 맺고, 가서는 돌아오지 않았습니다. 부모님께서는 절차도 없이 남자를 따라갔다 꾸짖으시고 이곳에 가두었습니다.

유화가 자신의 처지를 이렇게 설명했다. 금와왕은 이를 가엾고 기이하게 여겨 방 안에 숨겨주었다.

그런데 햇빛이 유화를 향해 자꾸 따라왔다. 유화는 몸을 움직여 피했으나 햇빛은 끈질기게 쫓아왔고, 유화는 이 때문에 잉태하여 알 하나를 낳았다. 금와왕으로서는 이 해괴한 알까지 거두기가 어려웠다. 그래서 알을 개와 돼지에게 주었는데 다들 먹지 않았고, 또 길거리에 버렸는데 소나 말이 피해 갔으며, 들판에 버렸더니 새들이 덮어주었다. 심지어 쪼개 없애려 했으나 깰 수도 없었다.

결국 왕은 어미인 유화에게 알을 돌려주었다. 어미가 물건으로 싸서 따뜻한 데 두었더니, 아이 하나가 껍질을 깨고 나오는 것이었다. 파각이출破殼而出 곧 껍질을 깨고 나온다는 말이 여기 근거한다.

비록 중국의 난생신화에 기대어 있으나 주몽의 이야기에는 눈여겨볼 대목이 많다.

누구에게나 껍질(殼)이 있다. 허물일 수도 있다. 껍질을 깨고, 허물을 벗고, 새는 날개를 달고 뱀은 이무기가 된다. 새가 되고 이무기가 되는 데는 그만한 인고忍苦가 따라야 하는 것이다. 주몽 이야기는 이를 자연스럽게 보여준다.

거창한 신화의 틀을 벗겨내고 나면 주몽은 열악한 조건 속에 살아가는 청년일 뿐이다. 아버지 대신 금와왕의 도움을 받지만, 도리어 그것은 자신을 위험에 빠뜨리는 빌미가 된다. 물레 위에 앉은 파리를 활로 쏘아 잡고, 좋은 말을 알아내는 뛰어난 능력 때문에, 금와왕의 아들들이 질투하고 시기하여 죽을 위험에 빠지지 않았던가. 주몽은 이 위험에서 벗어나려 혼신의 노력을 다하였다.

그러므로 우리가 눈길을 멈추기로는 그의 천부적 능력이 아니다. 금와왕이 만들어준 보금자리에 머물지 않고 그곳을 박차고 나간 눈물겨운 고통에 주목한다. 그것이 파각破殼의 세월이다.

주몽의 일생은 태어날 때부터 껍질을 깨야 하는 운명으로 정해져 있다.

금와왕이 알을 버리는 대목을 다시 읽어보자. 알은 처음에 집 안 우리, 다음에 길거리, 마지막에 들판으로 던져졌다. 아예 깨버리려 했다. 고난의 강도가 점점 심해졌다는 말이다. 그때는 온갖 뭍짐승의 도움을 받았다.

급기야 형제처럼 같이 자란 금와왕의 아들들이 공격했다. 그때는 온갖 물짐승의 도움을 받았다.

주몽은 처음부터 끝까지 남의 도움으로 살아난 것처럼 보인다. 그러나 이는 어머니와 친한 벗 세 사람 같은 조력자와 함께, 껍질을 깨고 나가는 자에게 보낸 응원으로 이룬 것이다.

누구에게나 껍질이 있다. 허물일 수도 있다. 껍질 안에 있는 이상 편안하겠지만 발전은 없고, 허물 안에 있는 이상 제 잘못을 몰라 고치지 못한다. 껍질을 깨고, 허물을 벗은 다음에야 세상의 아름다운 주인공이 된다는 사실을, 주몽 이야기는 우리에게 일러주고 있다.

3

하나가 만 배를 얻는다

여기 언제 와본 듯한, 그럴 리 없는 세월 속으로 사람처럼 나무가 서 있다 솔잎 사이 바람을 머금고 있다 누구에겐가 보내고 싶어 한다. 크고 힘이 셌던 시대의 전사를 불러오라 외치기도 한다.
— 경주 경애왕릉 공원

# 남자가 걱정

어떤 인구 통계가 40~50대의 마음을 우울하게 한다. 이 연령대의 1인 가구가 급속히 늘어나고 있다는 결과 때문이다.

통계청에 따르면 2017년 우리나라 1인 가구의 비중은 28.6퍼센트에 달했다. 5인 이상은 6퍼센트에 지나지 않는다. 그런데 어느 연령대의 1인 가구가 가장 많을까? 수치로는 17.1퍼센트의 20대이다. 이어 50대(16.9퍼센트)와 40대(15.4퍼센트)가 그다음이다. 40~50대를 합치면 무려 32.3퍼센트이다. 아직 결혼 전이 많을 20대에 비해 40~50대의 1인 가구는 왠지 불길한 생각이 들게 한다.

전체적인 1인 가구가 늘어나는 원인도 이 40~50대에게 있다.

한겨레경제사회연구원이 지난 10년 동안 인구주택총조사의 연령대별 가구 구성 추이를 분석해보니, 2005년 317만 1,000이던 1인 가구 수효는 2015년 520만 3,000으로 64.1퍼센트 증가한 반면, 50대 1인 가구는 같은 기간 36만 6,000가구에서 87만 8,000가구로 늘어 전체 평균의 2배가 넘는 139.7퍼센트의 증가율을 보였고, 40대의 증가율도 79.2퍼센트(47만 4,000 → 84만 9,000)로 평균을 웃돌았다. 우리나라 1인 가구 셋 중 하나를 40~50대가 차지하고 있는 셈이다.

문제는 40~50대의 1인 가구가 급증한 이유이다. 이혼(32퍼센트)이 가장 컸고, 미혼(29퍼센트), 배우자 있음(26피센드)으로 나타났다. 위 연구원은, "40~50대가 자신의 삶과 가정 및 직장을 둘러싼 사회경제적 환경의 변화에 휩쓸리면서 자의든 타의든 '혼자의 삶'에 빠져드는 인구로 빠르게 편입되었다."라고 분석하였다. 그들은 심리적 안정성이 떨어지고, 자살 생각도 다인 가구보다 3~4배가량 더 한다고 한다. 사회적인 문제가 아닐 수 없다.

그런데 해결책을 찾는 데 또 다른 변수 하나가 등장했다. 만족도를 조사한 결과이다.

KB금융경영연구소에 따르면 1인 가구 생활에 만족한다는 응답이 전체의 69.5퍼센트로 상당히 높게 나타났다. 그나마 다행이다. 하지만 이를 다행이라 해야 하나? 게다가 여성

50대는 72.6퍼센트인데, 남성은 51.4퍼센트만이 만족한다는 것이다. 남녀의 만족도 격차가 무려 21.2퍼센트 포인트나 벌어져 있다. 한마디로 남자가 걱정이다.

흔히 여자는 혼자 살아도 남자 혼자는 못 산다고 말한다. 남자 혼자 살면 금방 초라하고 추접해진다. 생활력도 나이 들수록 여자가 더 강하다. 그런 항간의 속설을 입증하는 통계 자료로 보인다.


『삼국유사』에 실린 조신의 꿈 이야기에서도 마찬가지이다.

조신은 강릉 태수의 딸과 야반도주, 그래도 좋은 음식은 나누고 따뜻한 옷이면 함께 입으며 인연 도탑게 살았다. 사랑했기 때문이다. 그러다 마흔 살이 되었다. 그때부터 10년간, 자식은 다섯인데 쇠약하고 병들기 해마다 심하고, 춥고 배고프기 날마다 팍팍하기만 하였다. 살아나갈 겨를도 없는데 부부간 사랑이며 즐거운 마음이 들기나 하겠는가. 지금 위기의 40~50대를 생각나게 한다.

이럴 때 여자의 판단과 결단이 더 빠른가 보다. 조신의 아내는 결연히 다음과 같이 말한다.


별 볼일 없으면 버리고, 됐다 싶으면 들러붙는 것을 사람이라면 해서는 안 될 일, 그러나 가고 말고 사람의 뜻대로 되지 않고, 이합유수, 헤어짐과 만남 또한 운수가 있으니, 청컨대 이쯤 헤어지자 합니다.

아내는 두 가지를 말하였다. 쓰면 뱉고 달면 삼키는 것으로 오해하지 말라. 사람의 뜻대로 되지 않는, 하늘이 정한 운명이라는 것도 있다.

판단과 결단에 냉철한 아내의 이 말에서 특히 헤어짐과 만남 또한 운수가 있다는 이합유수離合有數가 아프게 다가온다.

헤어지고 만나는 운명 속에 우리는 산다. 만나는 즐거움과 헤어지는 슬픔의 반복 속에 산다. 조신의 꿈에서만 아니라 우리의 현실에서 늘 일어나는 일이다. 조신의 아내처럼 결연해질밖에 다른 도리가 없나?

# 아들이 죽어 아비가 울다

경주시 내남면에 가면 성부산星浮山이 있다. 김유신이 신술神術을 부린 곳이다. '별이 떠간 산'이라는 뜻을 지닌 이 산의 이름은 김유신 때문에 붙여졌다.

신라 군대가 고구려를 치려 지금의 서울에 이르렀을 때, 그들은 도리어 고구려와 말갈 연합군에게 포위당하고 만다. 경주에 있던 김유신은 '사람의 힘으로는 할 수 없고, 오직 신술로나 구할 수 있을 것'이라며 이 산에 올랐다. 김유신의 명령이 떨어지자 갑자기 큰 항아리만 한 광채가 일어나 별처럼 북쪽으로 날아갔다. 광채는 벼락처럼 고구려와 말갈 진영을 때려 부쉈다.

별처럼 날아간 광채라니, 이것은 요즈음의 미사일인가?

어쨌건 그 덕에 신라 군대는 무사히 돌아왔고, 별이 떠간 산이라 하여 붙여진 이름이 성부산이다.

믿거나 말거나 『삼국유사』에 나오는 옛날이야기이다.

그런데 일연이 산의 이름에 주석을 달아 거기에 덧붙인 이야기는 그럴싸하다.

경주에 살던 한 사람이 관직을 얻으려 꾀를 썼다. 큰 횃불을 만들고, 밤에 아들을 시켜 이 산에 올라 쳐들고 있게 하였다. 모두들 불을 보고 괴이한 별이 그 땅에 나타났다고 말했다. 왕이 이 말을 듣고 근심스러워하며, 별을 물리칠 기도를 하라고 하자, 그 사람이 자기가 해결하겠노라 나섰다. 그런데 한 신하가,

> 이는 큰 변괴가 아닙니다. 다만 한 집에 아들이 죽어 아비가 울 징조일 뿐입니다.

라고 하지 않는가. 아들이 죽어 아비가 운다는 자사부읍子死父泣이 나오는 대목이다. 그래서 왕도 명령을 거두어들였다. 꾀를 써서 관직을 얻으려던 사람만 하릴없어졌다.

일은 거기서 끝나지 않았다.

횃불을 들고 있던 아들은 어찌 되었는가. 하염없이 아버지를 기다리던 아들은 아무 일도 벌어지지 않자 홀로 산을

내려오다 호랑이에게 물려 죽었다. 앞서 신하가 왕에게 아들이 죽어 아비가 울 것이라 했는데, 그 말이 이렇게 이루어진 것이다. 관직 하나 얻자고 아들을 죽인 비정한 아버지 이야기이다.

부모는 자식을 키워야 할 마땅한 의무와 책임이 있건만, 이처럼 자식을 이용해 제 영달을 누리려는 자도 얼마든지 있다.

그것이 어찌 옛날이야기만이겠는가. 오늘날에도 똑같다.

서울의 한 여고 교무부장이 시험 문제와 답안을 몰래 빼내, 같은 학교에 다니는 쌍둥이 두 딸에게 주어서 말썽 난 사건이 그렇다. 당사자는 끝내 부인하지만, 대법원 판결이 나온 데다, 학교가 교무부장의 파면과 학생의 퇴학을 정한 바이니, 이에 따라 시시비비를 가려보자면 이렇다.

교무부장인 아버지는 학생인 두 딸의 명문대 입학을 노렸을 것이다. 명문대에 들어가면 장래가 보장된다. 서울 강남의 명문 학교에서 1등은 명문대 입학의 보증수표이다. 교무부장의 자리에 있으면서 아버지는 어떤 부정한 방법을 쓰자면 실행할 기회가 있다. 유혹은 그의 마음을 흔들었다. 아버지로서 딸의 앞날이 꽃길이기를 바라는데, 설령 발각되어 처벌받는다 하더라도, 이보다 더한 일인들 못 할 것 없다. 아버지의 책임과 의무, 나아가 희생이라 생각했으리라. 성부산의 욕심쟁이 아버지도 명분은 그랬다.

그러나 이것은 명백히 부정한 방법이다. 교육자의 양심을 따질 일도 아니다. 나아가 설령 이렇게 해서 딸들이 명문대에 입학하면 그들의 미래가 행복할까? 어리석기 그지없다.

무엇보다 다시 생각하건대, 교무부장의 행동이 정녕 자식을 위한 희생이나 노력인지 되돌아보게 된다. 그것은 자기 욕심이었다. 관직 하나 얻자고 아들더러 산꼭대기로 횃불을 들고 올라가게 한 저 신라 사람과 다를 바 없다. 자식을 위한다는 허울 아래 실은 자식의 명문대 입학이나 그 이후의 출세를 제 영달로 아는 사람이 많다. 그래서 자식을 혹사시킨다. 심지어 부정한 방법을 써가면서까지 말이다.

밤길을 내려오다 호랑이에게 물려 죽은 자식이 불쌍할 따름이다. 우리 또한 이렇듯 어리석은 욕심 속에, 자사부읍의 비극을 되풀이하고 있지 않은가 반성한다.

# 관음보살 같은 사회안전망

경주의 중생사에 얽힌 이야기 하나 더 하려 한다. 신라 시대에 지어진 이 절에는 아주 신령한 관음보살상이 있다고 했다. 중국에서 이 절을 찾아온 한 화가가 그렸다. 『삼국유사』에는 이 그림과 관련하여 세 가지 이야기가 전해온다.

그 가운데 하나.

신라 말, 경애왕 때 최은함崔殷誠이 오랫동안 자식이 없어, 이 절의 보살상 앞에서 기도하였더니 부인의 몸에 태기가 돌아 아들을 낳았다. 3개월이 채 지나지 않았는데, 백제의 견훤이 경주로 쳐들어와 성안이 온통 혼란에 빠졌다. 은함이 아이를 안고 절로 달려와서 아뢰었다.

이웃 나라 군사가 쳐들어오니 일이 급하게 되었습니다. 갓 난아이가 거듭 중하오나 함께 살아날 수 없습니다. 진실로 대성大聖께서 주신 아이라면, 바라건대 그 힘을 빌려 이 아이를 키워주시고, 우리 부자가 다시 만날 수 있게 해주십시오.

눈물을 쏟으며 비통하게 세 번을 울면서 세 번을 아뢰고, 아이를 강보에 싸서 보살상 아래 감추고 하염없이 돌아보며 갔다.

그래서 만들어본 사자성어 삼읍삼고三泣三告가 여기서 나온 말이다.

최은함이 얼마나 간절히 기도하였는지 잘 보여준다. 사람의 힘으로는 어찌할 수 없어서, 마지막 찾은 방법이 아이를 점지해준 보살상 앞에 와 다시 한번 부탁하는 것이다. 그러나 석 달도 안 된 아이를 그림 속의 보살이 무슨 수로 지켜준단 말인가. 죽기 아니면 살기, 그저 마지막 선택일 뿐이다.

그런데 이야기는 기적을 향해 간다. 보름쯤 지나 견훤의 군대가 물러가자 최은함은 부랴부랴 절로 달려왔다. 정말 기적이었다. 아이는 피부가 마치 새로 목욕한 듯, 몸이 반들반들하며, 입 언저리에서는 아직 젖 냄새가 나고 있었다. 마치 조금 전 유모가 다녀간 듯.

안고서 돌아와 길렀는데, 자라자 남보다 총명하기 그지
없었다. 이 사람이 바로 최승로崔承魯이다.

> 비통하게 세 번을 울면서 세 번을 아뢰고……, 하염없이 돌
> 아보며 갔다…….

최승로의 이야기에서 다시 읽어보는 삼읍삼고이다.

전쟁 통에 같이 죽을 수는 없어서 아이라도 살려보자고
생각한 방법이 관음보살에게 의지한 것이다. 사실 이 이야
기 속의 관음보살은 오늘날로 치면 사회안전망이다. 개인이
도저히 감당 못 할 안전 대책은 국가가 나서서 마련해주어
야 한다. 한 부모 가족 돌봄 시설, 발달장애인에 대한 지원,
학대 아동의 보호 같은 것이 대표적이다.

2019년 예산안에서 한 부모 가족 시설에 돌봄 서비스를
지원하는 예산을 삭감하자고 주장한 국회의원이 있었다. 나
중에 그는 기존 지방자치단체와 복지기관이 지원하고 있는
데 현재 우리 재정 상황에 국비까지 들이는 것은 무리이고,
지방비를 국비로 주머니만 바꿔 지원하자는 내용에 동의하
지 않았던 것이라고 해명했다. 그러나 그것은 변명에 지나
지 않는 말이었다. 사실이라고 해도 예산은 기껏 61억 원이

었다.

4차선 도로 1킬로미터를 까는 데 평균 100억 원이 든다고 한다. 그다지 소용도 없는 이런 도로를 건설한다고 수천억 원씩 예산을 따 가는 국회의원이 많다. 자기 지역의 표와 직결되기 때문이다. 돌봄 시설 같은 것은 표로 연결되지 않아서 그렇듯 인색한 걸까.

어쩔 수 없는 사정으로 혼자 자녀를 키우는 이들, 발달장애인을 둔 이들, 제 부모에게 학대받는 아이들은 오늘도 삼읍삼고하고 있다. 국가는 관음보살과 같은 마음으로 이들을 돌봐야 한다. 그것이 차량 통행도 별로 없는 길을 만드는 일보다 훨씬 급하고 중요하다.

잎이 피고 나면 가지가 안으로 숨고, 햇빛을 받는 가지의 그림자도 흐려진다. 세상의 이치가 다 그렇다. 받으면 물려줄 줄 아는 것이 사람이다.
—경주 진평왕릉 공원

# 어떤 금수저의 고백

얼마 전 우리나라 굴지의 그룹 총수가 갑자기 그 자리에서
물러난다고 밝혔다. 매우 뜻밖이었다. 그의 나이 63세였다.
남들은 그런 기회도 없으려니와, 기회가 주어졌다면 이제
진짜 권력을 누릴 나이인데, 도리어 자리에서 물러나는 그
의 의중을 헤아리기 어려웠다. 무슨 음모나 있는 것은 아닌
지 의심도 하였다.

그러나 그의 퇴임사를 들어보면 순수한 뜻이 읽힌다.

마흔 살에 선대를 이어 회장 자리에 올랐을 때 그는 딱
20년만 있겠다고 다짐했단다. 이러저런 이유로 3년을 더 했
는데, 이제는 시불가실時不可失, 때를 놓칠 수 없이 '청년'으
로 돌아가 새로 창업의 길을 가겠다고 했다. 자신은 그동안

'금수저 물고 태어났다'는 말을 들어왔는데, 덕분에 특별하게 살아온 것은 부인하지 않지만, 금수저 꽉 물고 있느라 이가 다 금 간 듯하고, 도리어 턱이 빠지지 않은 것을 다행으로 여긴다고 했다. 특권만큼 책임감도 컸던 것이다.

집안이 그렇다 보니 어린 나이에 회장 자리를 물려받았지만, 인생 아직 힘이 남아 있을 때 제 길을 한번 가보겠다는 그의 결심은 있는 그대로 받아들이고 싶다.


방외지지方外之志라는 말은 『삼국유사』에도 나온다. 세상의 짜인 틀을 벗어날 큰 뜻을 말한다. 신라의 신문왕 때 보천寶川과 효명孝明 두 왕자의 이야기에서이다.

두 왕자는 경주를 떠나 대관령 넘어 깊은 산중으로 들어가 무리와 함께 며칠 간 놀며 다녔다. 그러던 어느 날 저녁이었다. 두 왕자는 은밀히 방외지지를 약속하더니, 다른 사람이 알지 못하게 빠져나와 몰래 오대산으로 들어갔다. 모시던 사람들은 왕자가 어디로 갔는지 알지 못한 채 서울로 돌아갔다.

두 사람은 매번 계곡의 물을 떠다 차를 끓여 공양을 바치고, 밤에는 각자 암자에서 수련했다. 왕자의 자리도, 곧 돌아올 왕의 자리도 그들의 뜻을 막지 못했다.

그런데 문제가 생겼다. 궁중에서 반란이 일어나 왕이 죽은 것이다. 겨우 혼란을 수습한 왕실에서는 사람을 보내 산에 이르러 두 왕자를 맞아 오게 했다. 다섯 빛깔의 구름이 산중에 드리워졌다. 두 왕자가 있는 곳이다. 거기에 왕의 의장을 벌여놓고 두 왕자를 모셔 가려 했다. 형인 보천은 울면서 끝내 사양했다. 그러자 효명을 모시고 돌아가 왕위에 오르게 했다.

보천은 방외지지를 고집했지만 효명은 나라의 현실을 외면하지 못했다.


자리에서 물러난 그룹 총수를 보며 두 왕자가 겹쳐 보였다. 마흔 살에 총수 자리에 오른 것은 효명과 닮았고, 예순세 살에 자리를 버린 것은 보천과 닮았다. 그는 효명과 보천의 삶을 다 살아보고 있는 것이다.

물론 그가 또 하나 밝힌 '때를 놓쳐서는 안 되는 이유'를 들어보면 보천 같은 수행의 길은 아니다.


빠르게 경영 환경이 변하고 있습니다. 한 치 앞을 내다볼 수 없습니다. 확실한 것은 세상이 변하고 있고 변하지 못하면 도태된다는 것입니다. 이 절체절명의 순간에서 변화와 혁신의 속도를 높여야 합니다. 급물살을 타고 넘어야 미래가 있습니다.

그는 기업인이다. 기업인에게 변화와 혁신은 왕자 보천에게는 수행 같은 것이다. 길이 다를 뿐이다. 말로만 외쳐서는 공염불일 것 같아 그는 처음부터 다시 시작하는 의지를 실천하였다. 우리라고 다를 바 없다. 방외지지를 수행하는 각오로 우리 나름의 변화와 혁신을 돌아봐야 한다.

# 생명, 경외 그리고 살생

새삼 살생殺生에 대해 생각해본다. 살생을 가장 심각하게 받아들이는 불교에서는 육식 자체를 금하지만, 우리 일상에 두루 적용하기 어려워 그것은 수행자에게 한정되어 있다. 단 그렇게 수행자한테만 해당하지 않는 경우, 절묘한 타협점으로 나온 것이 살생유택殺生有擇이다. 생명을 죽이되 가려 하라는, 원광圓光이 가르친 세속오계世俗五戒의 하나이다.

가린다면 어떤 요령으로 가리는지 구체적인 방침이 필요했다. 그래서 원광은 다음과 같이 말한다.

한 달에 여섯 번 있는 재일齋日과 봄·여름에 죽이지 않는 것. 이는 때를 가림이다. 기르는 동물 곧 말·소·닭·개를 죽이지 않는 것과 작은 동물 곧 한번 저미지도 못할 것을 죽이지 않는 것. 이는 대상을 가림이다. 이 또한 오직 필요한 만큼만 하고, 너무 많이 죽이지 말아야 하리니, 이것이 세속에서 좋은 계이다.

곧 살생하되 때와 대상을 가리라는 주문이다. 때는 그렇다손 치더라도 문제는 대상이다. 기르는 동물과 죽일 가치가 없는 동물이라 했다. 기르는 동물이라면 가축을 말함인데, 현실에서는 말·소·닭·개를 제외하기가 또한 쉽지 않다. 그래서 오직 필요한 만큼만 하라는 말이 따라 나왔다. 피할 수 없지만 지나친 육식을 자제하라는 뜻으로 읽힌다.

최근에 이런 일이 있었다.

도살장에서 도망친 어미 개가 새끼에게 젖을 물리며 죽어가는 영상이 인터넷으로 퍼졌다. 지난 2018년 8월에 촬영한 것이라 추정되는 이 영상에 따르면, 경기 군포시의 한 도살장에서 도살업자에게 망치로 얼굴을 가격당한 후 탈출한 어미 개가, 머리에 피가 흐르는 중상을 입은 상태에서, 도살장 인근에 있던 어린 강아지에게 젖을 물리고 강아지의 용변을 핥아주다 죽어갔다.

이 영상을 본 한 시민이 청와대 국민청원 게시판에 개 도살을 멈추게 해달라는 글을 올렸다. 9월 27일 올라온 이 청원에는 한 달 만에 10만 여 명이 참여했다.

이 일을 두고 왈가왈부 논란이 많았다. 참혹한 도살 현장을 보며 청원에 참여하는 것은 당연하지만, 좀 더 신중한 쪽에서는 동영상의 진위 여부에 물음표를 달았다. 출산한 암캐를 도살하는 법은 없으며, 젖먹이로 보기에는 강아지가 너무 크고, 다만 '경기 군포'라고 했을 뿐 명확한 촬영 정보가 없으니, 아무래도 가짜로 보인다는 것이다. 실제 영상이라 해도 중국 같은 데서 흘러들어 오지 않았는지 추정하기도 하였다.

그러나 진위 여부를 떠나 영상은 참혹한 도살 현장임이 분명했다. 그래서 도살 금지와는 별도로 살생이란 과연 무엇인가 새삼 돌아보게 하였다.


『삼국유사』에 이런 이야기가 나온다.

승려 혜통惠通은 어느 집안 출신인지 잘 모른다. 경주 남산의 서쪽 기슭 은천동 어귀에 살았다. 하루는 자기 집 동쪽 시냇가에서 놀다가 수달 한 마리를 잡았다. 살을 발라내고 뼈는 동산에다 버렸다. 아침에 보니 그 뼈가 없어졌다. 핏자국을 따라 찾아보자, 뼈는 세 굴로 돌아와 새끼 다섯 마리를 안고 쭈그리고 있었다. 멍하니 바라보고 오랫동안 놀라워하다가 깊이 탄식하며 머뭇거렸다. 문득 속세를 버려 출가하기로 결심하였다.

놀라워하고 머뭇거리다 속세를 버렸다는 말이 경주기속驚躕棄俗이다.

혜통의 출가에는 무릇 생명에 대한 경외와 살생의 깊은 고민이 서려 있다. 한 사람의 거룩한 수행이 이렇게 출발하였으니 모두 다 그 뒤를 따르자는 말은 아니다. 어차피 우리는 육식 금지조차도 지키지 못할 속인이다.

그러나 적어도 크건 작건 생명에 대한 경외만큼은 누구나 가져야 하는 것 아닌가. 지금 떠도는 저 영상이 가짜건 아니건 마음가짐만큼은 그랬으면 좋겠다는 생각이다.

굴지득종 · 堀地得鍾

# 베이비 박스와 돌 종

서울 관악구 난곡동의 주사랑공동체교회가 베이비 박스를 설치한 것은 2009년 12월이었다. 2019년으로 10년째를 맞았다. 그동안 라면 박스 두 개를 이은 크기의 상자에 두고 간 생명은 1,515명이나 된다. 이틀에 한 명꼴이다.

처음에는 '부모가 아기를 버릴 마음을 쉽게 갖도록 조장'한다는 비판이 컸다. 보건복지부와 관악구청은 '형법상 유기죄에 해당'한다며 철거를 요구하기도 했다. 영아 유기를 조장하는 곳이라는 항의 전화가 빗발쳤다.

그러나 교회의 생각은 달랐다. 베이비 박스를 없앤다고 해서 아기를 버리는 부모가 사라지진 않는디는 것이다. 거꾸로 생각하면 설치했다고 해서 늘어나는 것도 아니다. 키울 수 있는 여건이 되는데 아기를 버리는 부모는 없다. 엄마가 아기를 살리려 갖은 방법을 고민한 끝에 마지막으로 찾아가는 곳일 뿐이다.

마지막으로 찾아가는 곳.

우리 사회에는 그 같은 장치가 필요하다. 10대의 미혼모가 부모나 교사에게 임신 사실을 들킬까 겁나 배를 꽁꽁 싸매고 다니다 화장실이나 친구 집에서 혼자 출산한다. 애초 임신하지 말았어야 하지만, 막상 닥쳤을 때 그들에게 손을 내밀어줄 곳은 있어야 한다.

교회에서는 이보다 더 기막힌 사연도 전해준다. 산에서 애를 낳아 구덩이에 파묻어 버리려 했는데, 아기 울음소리에 마음을 바꿔 찾아왔단다.

이 이야기를 듣자니 『삼국유사』의 한 구절이 떠올랐다.


신라 흥덕왕 때였다. 손순孫順이라는 사람에게 어린아이가 있었는데, 매번 아이가 할머니의 음식을 뺏어 먹는 것이었다. 손순이 이를 곤란하게 여겨, "아이는 얻을 수 있지만 어머니는 다시 구하기 어렵다." 하고, 부부가 아이를 업고 동네 밖 멀리 나가 묻어버리려 했다. 그런데 땅을 파다가 돌로 만든 종을 발견했다. 부부가 놀라워하며 잠시 숲속의 나무 위에 걸어두고 시험 삼아 쳐보니 소리가 은은하기 그지

없었다. 아내가 말했다.

"기이한 물건을 발견했으니, 아마도 아이의 복인가 합니다. 묻어선 안 되겠어요."

손순도 그렇다 여기고, 곧 아이와 종을 업고 집으로 돌아왔다. 대들보에다 종을 걸어두고 치니, 소리가 대궐에까지 들렸다. 왕이 이를 듣고, "서쪽 교외에서 기이한 종소리가 들리는구나. 맑게 퍼지는 것이 보통이 아니야. 빨리 찾아보라." 하였다.

신하가 그 집에 와서 살펴보고 왕에게 사정을 자세히 아뢰었다. 왕은 하늘이 함께했다 여기고, 집 한 채를 내리며 매년 메벼 50석씩을 주어 그 순수한 효도를 드높였다. 손순은 옛집을 내놓아 절을 만들어 홍효사弘孝寺라 부르고 석종을 모셨다.


이 이야기는 일종의 불교 기적담이다.

그러나 그 기적의 꺼풀을 벗기고 나면, 굶주림에 허덕이는 백성의 곤궁한 삶과, 거기에 베풀어진 사회적인 구원의 손길이 나온다.

그 매개체가 돌 종이다. 아이를 묻어버리려 땅을 파는데 돌로 만든 종을 얻었다. 여기서 사자성어 굴지득종堀地得鍾 곧 땅을 파다가 종을 얻었다는 말이 나온다. 종도 돌로 만들었으니 그냥 종이 아니다. 그 종은 위기에 처한 자가 구원을 호소하는 장치이다. 이 장치가 기적처럼 나타났던 것은 옛이야기이지만, 오늘날 우리에게는 매우 합리적으로 만들어져야 할 사회의 안전망이어야 한다. 굴지堀地하고 득종得鍾할 체제 말이다.

곤궁한 처지는 언제나 생길 수 있다. 그러나 베이비 박스나 돌 종이 있고 없고는, 한 사회가 곤궁한 처지를 구원할 태세가 되어 있는지 판가름하는 중요한 증표이다.

# 하나를 베풀어 만 배를 얻다

꼭 믿어서는 아니겠지만 요즘 사람도 환상적인 옛날이야기에 때로 깊은 감동을 받는다. 신라 신문왕 때의 김대성에게도 그런 이야기가 전해온다. 김대성은 불국사와 석굴암을 만든 이다.

모량리에 사는 가난한 여자 경조慶祖에게 아이가 있었는데, 머리가 크고 이마가 넓기를 마치 성 같아 이름을 대성大城이라 했다. 집안이 가난하여 키울 수 없게 되자, 재산이 많은 복안福安의 집에 고용살이로 들여보냈다. 그 집에서 밭 몇 도랑을 나눠줘 대성의 어머니가 먹고 입는 데 쓰도록 했다.

그때 승려 점개漸開가 흥륜사에서 육륜회六輪會를 열려고

복안의 집에 와서 시주해줄 것을 권했다. 복안이 베 50필을 내놓자, 점개가 주문으로 축원해주었다.

> 그대가 보시를 잘 하니
> 천신께서 늘 지켜주시리이다
> 하나를 베풀면 받는 것은 만 배
> 편안히 즐거우며 오래 살리이다

시일득만施一得萬 곧 하나를 베풀어 만 배를 얻는다는 말이 여기서 나왔다. 주인집이 절에 크게 시주하고 축복받는 장면을 목격했는데, 가난한 대성에게 여러 가지 생각이 떠올랐다. 곧 집으로 돌아와 어머니에게 말했다.

> 제가 문에서 승려가 염송하는 소리를 들었어요. 하나를 시주하면 만 배를 받는다는군요. 저를 생각해보니, 분명 쌓아놓은 선행이 없어 지금 이렇게 고생하는 것 같아요. 이제 또 시주하지 않으면, 다음 세상에서 더욱 힘들어지겠지요? 작지만 저희가 가진 밭을 법회에 시주해서, 다음 세상에 갚아주시길 바라는 게 어떨까요?

아들의 말을 들은 어머니는 '좋다' 하고, 밭을 점개에게

시작과 끝이 없는 역사의 겉장은
황토빛일 것이고
—박철, 「빛에 대하여」에서

시주했다.

　그렇다면 과연 대성의 집은 큰 복을 받았을까? 복은커녕 얼마 있지 않아 대성이 죽었다. 어머니로서는 황당했을 것이다. 그런데 대성이 죽은 그날 밤, 신라의 재상인 김문량金文亮의 집 하늘에서 소리가 울렸다.

　"모량리의 대성이라는 아이가 이제 네 집에 의탁하러 온다."

　문량의 집에서 크게 놀라, 사람을 시켜 모량리의 대성을 찾아보게 하니, 대성이 그날 죽었다는 것이다. 문량의 아내는 임신하여 달이 차자 아이를 낳는데, 아이는 왼쪽 손을 꽉 쥐고 펴지 않았다. 7일 만에 열었는데, 쥐고 있던 금빛 간자에 '대성'이라는 두 글자가 새겨 있지 않은가.

　모량리의 대성이 재상의 아들로 다시 태어난 증표였다.

　자신의 정체를 안 대성은 전생의 어머니를 집 안으로 모셔다 함께 봉양했다. 전세와 후세의 부모를 모두 섬기는 특이한 이야기인 셈이다. 대성은 현세의 부모를 위해 불국사를 짓고, 전세의 부모를 위해 석굴암을 지었다.

　시일득만, 곧 하나를 베풀어 만 배를 얻었다는 이야기가 어찌 여기서만일까. 지금 세상에서도 이런 마음을 가지고 살며, 넉넉하든 그렇지 못하든 실천하는 사람이 있다.

# 동물 학대인가 보호인가

신라 시대 신문왕 때 김대성이 세상을 두 번 산 이야기를 했다. 현세의 부모를 위해 불국사를 짓고, 전생의 부모를 위해 석불사石佛寺(석굴암)를 지은 사연이었다.

그런 김대성의 다른 이야기가 하나 더 『삼국유사』에 나온다.

정승의 아들로 다시 태어나 성인이 되어서 그는 사냥을 즐겼다. 하루는 토함산에 올라 곰 한 마리를 잡았다. 그런 다음 산 아래 마을에서 자는데, 꿈에 곰이 귀신으로 변해 사납게 말했다.

"너는 어찌하여 나를 죽였느냐? 내가 너를 물겠노라."

대성은 두려워 움츠리며 용서를 빌었다. 그러자 귀신이

말했다.

"네가 나를 위해 절을 지어줄 수 있느냐?"

대성은 그러겠노라 맹서했다. 깨어나서 보니 땀이 흘러 이불이 온통 젖어 있었다.

이 일이 있고 난 다음부터 김대성은 사냥을 그만두고, 곰을 위해 그 잡았던 땅에다 장수사長壽寺를 지었다. 이 때문에 마음에 느끼는 것이 생기고, 자비스러운 소원이 더욱 돈독해졌다. 불국사와 석굴암을 지은 것은 그다음의 일이다.

성공도 중요하지만 그런 다음의 수성守成이 더 중요하다는 사실을 일깨우기도 한다.


고려 시대 충렬왕 때 윤수尹秀라는 사람이 있었다. 왕이 특히 사냥을 좋아했는데, 그런 사실을 안 윤수는 매와 개를 길러 왕에게 잘 보여, 응방鷹坊을 관리하는 군부판서軍薄判書라는 벼슬까지 이르렀다. 그는 세력을 믿고 못 하는 악한 짓이 없었다.

그러다 갑자기 병이 생겼다. 윤수는 자다가도 벌떡 일어나 주먹을 휘두르고 담벼락을 치면서 크게 외쳤다.

"여우, 토끼, 고라니, 사슴아, 어째서 내 살을 물어뜯느냐."

꿈에서 그가 죽인 동물들이 나타나 괴롭히는 것이었다.

가위에 눌린 그는 드디어 처참하게 말라 죽었다. 『고려사절요』에 나온다.

김대성과 윤수의 이 이야기는 아주 대조적이다. 동물을 죽여 괴로운 꿈을 꾼 것은 마찬가지이나, 김대성은 그로 인해 뉘우치고 새로운 삶을 산 데 비해, 윤수는 원망만 하다 고통 끝에 죽고 말았다. 김대성을 두고 일연은 마지막에 시를 하나 써서 덧붙였다.

전생 어머니 평생 가난하다 부자가 되고
정승은 한 꿈 사이에 두 세상을 오갔네.

시에 나오는 정승의 한 꿈이 괴정일몽槐庭一夢이다. 괴槐(홰나무)는 정승 집 마당에 심는 나무라 정승을 가리킨다. 흔히 남가일몽南柯一夢은 부질없는 인생의 헛된 꿈을 말하는데, 괴정 곧 정승의 일몽은 인생의 참된 가치를 실현한 사람 김대성의 생애를 찬미하는 말이다.

사단법인 동물보호단체 케어의 박소연 대표의 일로 세상이 시끄러웠다.
박 대표는 한동안 동물의 구세주라 불린 사람이었다. 특히 문재인 대통령이 취임할 때 케어가 구조한 유기견 토리가 청와대로 입양되면서 크게 알려졌었다. 그런데 박 대표는 알고 보니 동물의 저승사자였다고 한다. 박 대표에 의해 영문도 모른 채 죽어간 개가 200여 마리나 되는 것으로 드러났다.

본인은 극구 부인하지만, 한마디로 그는 사욕에 잡혀 출세와 돈벌이에 불쌍한 유기견을 악용했다.

케어의 박 대표가 김대성이 될지 윤수가 될지 아직 모를 일이다. 인생의 참된 가치가 무엇인지 깨달을 시간은 아직 남아 있기 때문이다. 지금 그녀의 꿈자리는 어떨까.

# 바위를 굴려 얻은 아이

동부여의 금와왕이 탄생한 이야기는 특이하다.

전임 해부루왕이 늙었는데 아들이 없었다. 하루는 산천에 제사를 지내 후손을 얻고자 하였다. 말이 어느 연못가에 이르러 바위를 보고는 마주 서서 눈물을 흘리는 것이었다. 왕이 이상하게 여겨 바위를 굴려보라 하니, '금빛 나는 두꺼비 모양(금와金蛙)'의 아이가 있었다.

바위를 굴려 아이를 얻었다는 말이 전석득아轉石得兒이다.

말이 눈물을 흘리고, 금빛 나는 아이를 얻는 일체의 과정이 신성화된 건국신화의 틀을 가지고 있다. 두꺼비 모양의 아이라는 것이 조금은 아슬아슬하다. 그러나 요즈음도 '떡

두꺼비 같은 아이'라는 표현을 쓰지 않는가.

왕은 기뻐하며, '이는 곧 하늘이 내게 주신 귀한 자식'이라 하고, 거두어 길렀다. 이 아이가 자라 해부루를 이은 금와왕이 되었다.


역사적 자료가 부족하여 오늘날 우리에게 부여라는 나라에 대한 관심이 크지 않다. 그러나 부여족은 만주 일대를 다스린 여러 나라의 중심 민족이었다. 심지어 고구려와 백제의 뿌리가 된다.

『삼국유사』에서는, 기원전 59년에 하늘님이 흘승골성에 내려와, 다섯 마리의 용이 끄는 수레를 타고 도읍을 정한 다음, 나라의 이름은 북부여요, 스스로 해모수라고 불렀다고 하였다. 해모수가 낳은 아들이 해부루이고, 부루는 뒤에 다시 하늘님의 명을 받들어 도읍을 옮기고 동부여라 하였다.

사실 이 내용은 역사 자료에 따라 달라진다. 부여족의 파생 과정은 복잡하다.

해부루가 동부여를 창건한 이야기는 꿈으로부터 시작한다.

꿈을 꾼 이는 해부루의 재상 아란불이었다. 하늘님이 내려와 동해 바닷가에 가섭원이라 이름 붙인 땅을 알려줬다. 토양이 비옥하여 왕도로 정하면 좋겠다고 했다. 그래서 아란불은 해부루에게 권유해 도읍을 옮겼던 것이다.

이와 같이 건국한 동부여의 해부루왕 다음이 금와왕이다. 앞서 나온 것처럼 아들을 두지 못한 해부루가 어느 날 자신이 탄 말이 바위를 보고 눈물 흘리는 것을 보고 이상하게 여겨 굴려보니 아이가 있었다는 것이다. 전석득아한 것이다.

해부루는 이 아이를 하늘이 주신 귀한 자식이라 여겼다. 이것이 중요하다. 앞서 말한 것처럼, 신화적으로 풀어보면 이는 새로운 왕의 권위를 부여하는 문법이다. 그러나 속내는 버려진 아이를 거둔 것이다. 생명에 대한 존중을 새기는 신화로도 읽을 수 있겠다.

어떤 생명이건 귀하지 않을 수 없다. 귀하게 여겨 키우는 아이는 왕이다.


2019년에 발표된 통계 자료에 따르면, 우리나라 가임 여성 한 명이 평생 낳는 아이의 수가 0.98명으로 떨어졌고, 1년 동안 탄생한 아이의 수가 32만 명을 겨우 넘었다고 한다. 한때는 한 해 100만 명 이상 태어나던 아이가 어쩌다 이렇게까지 적어졌을까.

다들 경제적으로 키우기 어려워 그렇다고 대답한다. 육아 부담이 큰 것은 사실이지만, 그렇다고 아예 낳지 않겠다는 풍조는 비상사태다. 100만 명도 정상은 아니었지만, 그렇다고 30만 명은 너무하다.

더욱이 아이에게 가하는 학대는 더 심각한 사회적 문제이다. 만 22개월 된 아들을 목 졸라 살해한 20대 여성이 경찰에 붙잡혔다. 남편과 자주 다툰 데다 생활고에 시달리자, 아이를 살해한 뒤 스스로 목숨을 끊으려 했던 것으로 전해졌다. 그런가 하면 술에 취한 상태에서, 동거녀의 세 살 된 아들이 변을 가리지 못한다는 이유로 집어던져 살해한 사람도 있다.

모든 원인이 생명 그 자체를 소중히 여기지 않는 데 있다. 돈만의 문제가 아니다. 더 어렵던 시절의 우리 부모는 내 아이가 그냥 그 자체로 왕 같은 존재라고 여겼다. 그런 마음의 회복이 절실하다.

일야작교·一夜作橋

# 하룻밤에 성을 쌓고 웃는다

서울의 상암동 월드컵 경기장에서 한강을 건너가는 다리는 2019년으로 10년째 짓고 있다. 일명 월드컵대교.

본디 5년 만에 끝낼 공사였는데, 예산 부족과 설계 오류로 공사 기간은 5년이 늘어났다. 가끔 현장을 지날 때마다 한숨이 나온다. 체증도 체증이지만 완공이 늦어진 만큼 공사비는 눈덩이처럼 불었다.

문득 일야작교一夜作橋, 다리를 하룻밤에 지었다는 『삼국유사』의 이야기가 떠오른다. 이야기는 신라 진평왕 때로 거슬러 올라간다.

비형은 혼령인 아버지 진지왕과 사람인 어머니 도화 사이에서 태어났다. 실은 생전 진지왕이 여염집 여인인 도화를 좋아하다 죽었는데, 혼령으로 찾아와 도화의 집에서 일주일을 머물고, 이로 인해 도화가 태기가 있어 비형을 낳은 것이다. 그러니까 비형은 혼령과 사람 사이에서 태어난 셈이다.

다음 왕인 진평왕은 진지왕의 조카이고, 그러므로 따지자면 비형과는 사촌형제이다.

진평왕이 비형의 능력을 인정하여 집사에 임명하는데, 일이 끝나 밤이 되면 비형은 경주의 귀신이 모여 노는 황천荒川으로 달려갔다. 반인반귀半人半鬼이니까, 비형은 밤에는 귀신과, 낮에는 사람과 어울린다. 하루를 24시간 사는 것이다.

이 같은 소문은 진평왕의 귀에도 들어갔다. 왕은 시험 삼아 비형에게 귀신을 부려 황천에 다리를 하나 만들어보라 명하였다. 비형은 하룻밤에 다리를 뚝딱 만들어버렸다. 일야작교가 여기서 나온 말이다.

경주 사람들은 귀신이 만든 다리라 하여 귀교鬼橋라 불렀다.


요즈음 뛰어난 기술로도 10년 넘게 다리 하나 완성하지 못하는 판에, 비록 황천이 한강과 비교하기 어려운 작은 개천이라 해도, 하룻밤 사이 귀신이 부리는 조화를 사람이 당하기 어렵다. 그런 귀신을 부리는 비형 같은 존재가 놀랍기만 하다.

그런데 여기서 일야작교, 하룻밤에 다리를 짓는다는 말의 의미를 다시 한번 생각해보자. 이는 분명 비형의 귀신 부리는 능력을 나타내지만, 요즘으로 치면 치밀하게 대비하고 실행하는 리더의 능력이라는 뜻으로 풀이할 수 있다.

우리 속담에 "하룻밤에 만리장성을 쌓는다."라는 말이 있다. 잠시 만난 사이라도 정의情誼를 깊게 맺어두라는 의미로 쓰이는 속담이다.

그러나 조선 시대 『이담속찬耳談續纂』에서는 이 말을 '일야지숙 장성혹축一夜之宿 長城或築'이라 써놓고, 비록 잠시라도 마땅히 대비하지 않으면 안 된다고 풀이한다. 남녀 사이 만남의 인연을 강조하고, 스쳐 지나가는 만남도 소홀하지 말라는 뜻과 사뭇 다르다. 어디선가는 하룻밤 사이에 큰 성이 하나 만들어지고 있을지 모르니, 저 혼자 잘났다고 방심하거나 자만하다가는 큰일을 그르칠 수 있다는 경계이다. 나아가 남과 사귈 때, 서로 정다울지라도 오히려 한계를 분명히 하여, 뜻밖의 상황에 대비하라는 뜻도 있다.

요즈음 "하룻밤에 만리장성을 쌓는다."라는 말은 너무 좁은 뜻으로 쓰이고 있는지 모른다. 정분 쌓는 것 이상의 뜻이 있다.

한편, 비형은 사람과 귀신 사이를 오가며 살았다. 그러면서 귀신의 논리와 사람의 논리를 두루 경험한다. 왕이 다리를 만들어보라 했을 때, 하룻밤 사이에 차질 없이 명령을 수행한 것은 그 같은 준비와 노력의 결과였다. 이 일과도 뜻이 통한다.

방심하고 자만하는 사이, 어디선가 누군가는 성을 쌓아놓고 미소 짓고 있을지 모른다.

4

정 깊은 세계

바람 따라 돌던 새가 내린 자리, 다시 찾아와 조심스레 물어보는 안부가 있다. 그새 우리가 나간 자리의 햇볕은 따스했는가. 계절의 오후, 나무마다 제 옷을 찾아 입느라 분주하다. 우리는 또 묵묵히 저마다의 곳으로 돌아간다.

—공주 무령왕릉

# 허벅지 살 이야기

옛날 어느 효자가, 가난하여 고기를 얻지 못하자, 자신의 허벅지 살을 베어 부모 몰래 바쳤다는 이야기가 있다. 매우 널리 퍼진 효행담이다. 다소 엽기적이기까지 하지만, 『삼국유사』에도 이 같은 효행담이 실려 있다.

신라 경덕왕 때였다. 웅천주에 향득向得이라는 이가 살고 있었다. 어느 해 가뭄이 들어 그의 아버지가 거의 굶어 죽게 되었다. 향득은 자기 허벅지 살을 베어 아버지에게 바쳐 살렸다. 할고공친割股供親이 여기서 나온다.

마을 사람들이 이 일을 자세히 아뢰니, 경덕왕은 쌀 500석을 상으로 내렸다.

이렇듯 구체적인 사례로 실려 있는 효행담 때문인지, 이후에 채록된 많은 설화집에 같은 이야기가 조금씩 변주되며 전해진다. 심지어 김구 선생도 아버지의 병을 고치려고 자신의 허벅지 살을 벴다고 『백범일지』에 남겨놓고 있다. 할고 공친은 백범에게는 설화가 아니라 '레알'이었다.

그런데 조금은 다른 의미를 가지고 허벅지 살을 벤 사건이 있다.


향득보다 앞선 시대에 혜숙惠宿이라는 승려가 살았다. 국선國仙인 구참공瞿旵公이 교외에 나가 사냥을 하게 되자, 혜숙이 가는 길가에 나와 말고삐를 잡으며 청하였다.

"저 또한 따라가고자 합니다. 괜찮겠습니까?"

공은 이를 허락하였다. 혜숙은 출가 전 구참공의 낭도였던 것이다.

사냥하는 무리는 이리저리 치달으며, 옷소매를 걷고 서로 앞서거니 요란스러웠다. 공은 흐뭇했다. 잠시 쉬면서 여러 줄로 앉아 고기를 삶아 다투어 먹고 권하고 했다. 혜숙 또한 더불어 씹어 먹는데, 꺼려하는 빛이 거의 없었다. 대놓고 말하지 않지만 주변 사람들의 눈치가 곱지만 않았겠다. 명색이 승려가 저렇듯 아무렇지 않게 고기를 먹다니…….

그러다 혜숙은 구참공의 앞에 나아가 말하였다.

"이제 이보다 더 좋고 신선한 고기가 있으니 바칠까요?"

구참공은 의아했지만 그러라고 했다.

혜숙은 사람들을 물리고 허벅지 살을 베어 쟁반에 올려 바치는 것이었다. 옷에 피가 흘러 가득 적셨다. 공은 깜짝 놀랐다.

"어찌 이다지 지독한 짓을 하는가?"

그러자 혜숙은 조용히 입을 열었다.

> 처음에 저는 공을 인자한 사람이라 불렀습니다. 자신을 미루어 만물과 통할 수 있는 분이라 여겨 따랐을 뿐입니다. 지금 살펴보니 공께서는 죽이는 데에만 온통 푹 빠져 있으시고, 남을 해쳐 자신만 살찌우려 할 따름이니, 어찌 인자한 군자가 할 짓이겠습니까? 우리들은 그렇지 않습니다.

그러면서 옷을 털고 가버렸다. 공은 대단히 부끄러워졌다. 혜숙이 먹던 쟁반을 보니, 먹은 줄 알았던 고기가 그대로 담겨 있었다.

허벅지 살을 베어 바치는 끔찍한 광경이다.

앞서 소개한바, 효도 설화에서 고기를 찾는 부모에게 어쩔 수 없어 자기 살을 떼어내는 이야기가 나오지만, 여기서는 살생을 일삼는 이에 대한 권계이다.

그러나 좀 더 생각을 넓혀보자. 고기를 탐하는 일은 하나의 상징일 뿐이요, 권력과 돈에 눈이 어두워, '남을 해쳐 자신만 살찌우는' 모든 이에게 주는 교훈이 아닌가. 탐욕은 끝이 없으니 말이다.

# 말구유와 사리수

복음서라 불리는 기독교 신약성서의 처음 네 권은 서로 다른 네 사람 곧 마태·마가·누가·요한이 쓴 예수의 전기이다. 그런데 우리가 잘 아는 예수의 탄생 장면은 그 가운데 누가복음에만 나온다.

로마 황제가 호구조사령을 내렸다. 조사는 고향에서 이뤄진다. 그래서 사람들은 등록하러 저마다 고향을 찾아갔다. 나사렛에 사는 요셉 또한 고향인 베들레헴으로 갔다. 약혼한 마리아와 동행하였는데 그때 마리아는 임신 중이었다. 베들레헴에 가 머무는 동안 달이 차서 마리아는 아들을 낳았다. 그러나 여관에 들 방이 없었기에, 아기를 포대기에 싸서 말구유에 눕혔다. 들에서 양 떼를 지키던 목자 일행이 천

사로부터 이 소식을 들었다. 곧 달려가 보았더니 과연 아기
는 구유에 누워 있었다.

이것이 누가복음 2장에 기록된 예수의 탄생 장면이다.

말구유에 누인 아기 예수.

기독교와 예수의 역사적 의미를 상징적으로 보여주는
사건이다. 이 땅의 가장 낮은 곳에서 가장 낮은 사람의 벗이
되겠다는 메시지가 이보다 더 강렬할 수 없다. 예수의 탄생
은 진정 성자의 이미지로 우리에게 각인된다.


탄생 장면이 이렇듯 각인되기로는 우리에게도 한 사람
의 예가 있다. 바로 원효의 탄생이다.

원효는 지금의 경북 경산시인 압량에서 태어났다.『삼국
유사』는 그곳을 불지촌佛地村의 밤골 사라수沙羅樹라 알려주
고 있다. 사라수는 사람을 살린 나무라는 뜻이다. 나무는 어
쩌다 이 이름을 얻었고, 원효는 어쩌다 이 나무 아래에서 태
어났을까.

원효의 집안은 본래 이 골짜기의 서남쪽에 살고 있었다.
어머니가 임신하여 달이 찼는데, 아버지와 어머니가 마침
이 골짜기 밤나무 아래를 지나다, 어머니에게 갑자기 해산
기가 보여 집으로 돌아올 겨를이 없었다. 그러자 아버지가
자기 옷을 벗어 나무에 걸어 가리고 그 가운데 누울 곳을 마

련하였다. 원효는 거기서 태어났다. 이 때문에 나무를 사라수라고 불렀다. 그 나무의 열매 또한 보통 것과 달라 사라율이라 이른다.

부의괘수夫衣掛樹 곧 남편의 옷을 나무에 걸었다.

원효의 이 같은 탄생담에도 낮은 자리로 온 성자의 상징적인 뜻이 담겨 있다.

원효의 생애는 불교를 민중의 그것으로 심은 한국불교사의 궤적 자체이다.『삼국유사』에서 일연은,

> 모든 마을 모든 부락을 돌며 노래하고 춤추면서 다녔는데, 노래로 불교에 귀의하게 하기를 뽕나무 농사짓는 늙은이며 독 짓는 옹기장이에다 원숭이 무리까지 모두 부처님의 이름을 알고 나무아미타불을 외우게 되었으니, 원효의 교화가 크다.

라고 원효를 평하였다. 뽕나무 농사꾼, 옹기장이는 처지가 가장 낮은 사람인데 그들의 벗이 되었다는 것이다. 물론 과장되었지만 원숭이까지 이르는 이 교화의 범위를 보자면 놀랄 따름이다.

그런 원효는 길가 한데에서 태어났다. 예수의 탄생에 비

견되는 이 탄생담의 민중적 성격을 우리는 참으로 귀하게 여긴다. 성자에게는 그 같은 공통점이 있다.

"고생하며 무거운 짐을 지고 허덕이는 사람은 다 나에게로 오너라. 내가 편히 쉬게 하리라." 외친 사람은 말구유에 누인 예수였다. 그런 예수의 탄생과 뽕나무 농사꾼, 옹기장이에게 나무아미타불을 가르친 원효를 겹쳐본다.

이 땅의 고생하며 무거운 짐을 진 사람이 편히 쉴 자리는 어디인가.

따가운 햇볕의 꼬리가 아직 남은 시간, 바위가 소곤거린다. "너의 등을 덮혀주려고, 너의 영혼을 위로해주려고 천년을 기다렸단다."
—경주 황룡사지

# 에밀레종의 가짜 뉴스

우리가 흔히 말하는 에밀레종의 본디 이름은 성덕대왕 신종 神鍾이다. 『삼국유사』에서 신라 사람이 만든 대표적인 종 두 가지를 소개하는데, 하나는 황룡사의 종이고 다른 하나는 이 신종이다. 황룡사의 종은 지금 없어졌지만 에밀레종은 국립경주박물관의 마당에 의연히 걸려 있다.

황룡사의 종은 신라 제35대 경덕왕 때인 754년에 만들었다. 길이가 한 길 세 치, 두께가 아홉 치, 들어간 재료의 무게가 49만 7,581근이었다. 시주는 경덕왕의 부인인 삼모부인三毛夫人이 한 것으로 보인다. 삼모부인은 후손을 낳지 못해 폐위된 비운의 왕비이다.

성덕대왕 신종 또한 경덕왕이 황동 12만 근을 들여 만들기 시작하였다. 아버지인 성덕왕을 위한 것이었다. 그러나 끝내 이루지 못하고 죽었는데, 아들인 혜공왕이 770년 12월에 기술자를 모아 기어이 완성하여 봉덕사에 모셨다. 봉덕사는 경덕왕의 형인 효성왕이 아버지 성덕왕의 복을 빌기 위해 지었다. 종의 이름을 '성덕대왕 신종'이라고 한 까닭이 여기에 있다.

성덕왕 이후 두 아들이 차례로 왕위에 올랐는데, 큰아들은 절을, 작은아들은 종을 만들어 아버지에게 바친 셈이다.

특히 경덕왕이 거대한 종을 두 개씩이나 만든 것은 이렇듯 아버지의 복을 빌기 위함이었다. 사실 이보다 더한 공덕이 어디 있겠는가.

다만 당초 경덕왕은 서열상 왕위 승계의 위치에 있지 않았다. 형이 일찍 죽는 바람에 그 자리에 오른 경덕왕으로서는 왕위 승계의 정통성을 확보하기 위해 노력할 필요가 있었다. 그래서 부지런히 종을 만들었다는 주장도 있다. 자신이 이루지 못하자 아들 곧 성덕왕의 손자인 혜공왕이 이를 이어 기어이 이루었다는 데서 그런 절박함이 느껴진다.

봉복극성奉福克成 곧 복을 빌기 위해 기어이 이뤄낸다는 말이 여기서 나왔다.

봉덕사는 조선조 초기인 1460년 수몰되어 사라졌고, 종만 건져내 영묘사로 옮겼다는 기록이 있다.

그런데 성덕대왕 신종을 에밀레종이라 부른다고 했다. 이 이름에는 우리가 잘 아는 비극적인 전설이 달려 있다.

종을 만드는 작업이 계속 실패하자 모든 사람이 걱정하였다. 시주받으러 돌 때 '아무것도 없으니 어린애나 가져가라'고 말한 여인이 있었는데, 실패의 원인은 그 여인의 불경한 말 때문이라는 말까지 나왔다. 그러므로 그 아이를 데려와야 한다고 덧붙였다. 이에 왕명王命으로 아이를 빼앗아다가 끓는 쇳물에 던졌다. 그 뒤에야 종이 완성되었다.

이와는 다른 이야기도 있다. 종을 만드는 기술자 일전一典이 계속 주종에 실패하자 모두가 비난한다. 그의 누이는 자신의 부덕不德 때문에 그렇다고 여긴다. 그때 시주받으러 온 승려가 그녀에게 어린애를 인주人柱로 해야 종이 완성된다고 일러준다. 누이는 고민하다가 오빠를 위하여 자신의 딸을 바친다. 그래서 종을 완성할 수 있었다는 것이다.

이 두 이야기는 출처가 불분명하다. 사실 우리 민족성이나 불교적 교리에도 배치된다. 아마도 이런 전설은 조선 중기 이후 불교 혐오를 목적으로 만들어졌을 가능성이 있다.

전설로 처음 채록한 이는 구한말 서양인 선교사이고, 소재 또한 에밀레종이 아니라 서울의 보신각종이다. 나중 에밀레종으로 바뀌었다. 분명 에밀레종을 둘러싼 가짜 뉴스이다. 얼마 전, 과학적으로 그 타당성을 밝히기 위해 종의 인燐

성분을 조사했다. 정말로 사람이 들어갔다면 인이 나올 것이라 보았기 때문이다. 그러나 인 성분은 나오지 않았다.

에밀레종은 경덕왕과 혜공왕의 2대에 걸친 노력 끝에 나온 작품이다. 봉복극성, 복을 빌려 기어이 이뤄낸 의지의 표상이다. 우리는 우리의 후세를 위해 오늘 기어이 이뤄낼 일이 무엇인가? 그것을 고민해야 할 뿐이다.

# 황금돼지의 해 유감

저출산으로 해마다 줄어들고 있는 초등학교 입학생이 지난 2019년에는 반짝 늘어났다. 흑룡黑龍 띠 출산 붐이 일었던 2012년생이 입학하였기 때문이다.

임진년壬辰年, 흑룡 띠를 가진 아이는 48만 4,550명이었다. 흑룡은 '임금'이나 '신성한 동물' 등의 의미가 있어 덩달아 출산율이 높았다. 그런데 임진년이 왜 흑룡의 해일까?

십간십이지十干十二支의 12지는 각각 동물로 표상된 띠를 나타내지만, 10간은 글자마다 방위와 색깔을 가지고 있다. 10간의 열 글자는 음양 한 쌍씩 5개로 나뉘고, 각각 동서남북중의 5방과 청적황백흑의 5색을 나타낸다. 임진년의 임壬은 북쪽이고 흑색이다. 이 흑색이 진辰 곧 용을 만나니 흑룡

이 된 것이다.

이런 원리로 2019년 기해년은 해亥 곧 돼지띠이고, 기己가 중앙이자 황색이어서 황금돼지가 된다. 돈 많이 벌 해여서 투자도 늘었다.

흑룡의 해여서 출산율이 높아지고 황금돼지의 해여서 투자율이 높아진다니, 정부가 펼치는 온갖 출산장려책이나 투자유인책보다 훨씬 효과적이다. 사실 띠에 붙이는 이 같은 의미 부여가 언제부터 활발해졌는지 모르겠다. 근거가 없지 않으나 아무래도 상술이 여기 한몫하지 않았을까.

아예 띠에 이보다 더한 엄청난 의미를 부여하기로 하자. 어떤 정책보다 낫겠다 싶다.

이 같은 비슷한 전통이『삼국유사』에도 재미있는 이야기와 함께 실려 있다.


신라 제21대 비처왕毗處王 10년 488년이었다. 왕이 천천정에 행차하는데 까마귀와 쥐가 나타나서, 까마귀가 울고 쥐가 사람의 말을 했다.

"이 새가 가는 곳을 찾으시오."

왕은 말 탄 병사를 시켜 까마귀를 쫓게 했다.

병사가 남쪽으로 피촌避村에 이르자 돼지 두 마리가 싸우고 있었다. 병사는 잠시 그것을 구경하다 문득 까마귀가

간 곳을 놓치고 말았다. 길가에서 헤매고 있을 때, 마침 한 노인이 나타나 편지를 바치는데 겉면에, "뜯어서 보면 두 사람이 죽을 것이요, 뜯지 않으면 한 사람이 죽는다."라고 쓰여 있었다. 병사는 돌아와 그것을 왕에게 바쳤다.

"두 사람이 죽는 것보다야 뜯지 않아 한 사람이 죽는 게 낫겠지."

왕이 그렇게 말하자 점치는 신하가 아뢰었다.

"두 사람이란 일반 백성이요, 한 사람이란 왕입니다."

왕이 깜짝 놀라 편지를 뜯어보게 하였다. 거기에는, "거문고의 갑을 쏘라."라고 쓰여 있었다.

왕이 궁으로 돌아왔는데 마침 한쪽 켠에 거문고의 갑이 놓여 있었다. 편지에 쓰인 대로 갑을 쏘게 하였다. 궁에서 일하는 승려와 후궁이 그 안에서 몰래 정을 통하고 있는 것이었다. 두 사람은 참형을 당하였다.


사실 이 이야기의 정치적인 의미는 매우 복잡하다. 여기서 자세한 설명을 할 수 없으나, 아직 불교 공인 전의 신라

이 산속에서 젊은 그들의 발길을 기다린 실록은 지금 없다. 있어서 의미가 있는 것은 아니다. 흔적을 눈길의 발걸음처럼 찍어가면 된다.
—평창 오대산사고

왕실에서 벌어진 암투가 깔려 있다. 어쨌건 왕이 어떤 암시를 받았음이 틀림없다.

『삼국유사』에서는 이 일을 적고, "이로부터 나라 안에 풍속이 생겨났는데, 매년 정월 첫 해亥일, 자子일, 오午일에는 삼가 근신하며 어떤 일도 하지 않았다."라고 하였다.

기신백사忌愼百事 곧 모든 일에 꺼리고 신중하다는 말이 여기서 나온다.

해는 돼지, 자는 쥐, 오는 까마귀*이다. 이 이야기에 나오는 동물이다. 이런 사건이 있어서 기신忌愼하는 풍속이 생겼는지, 한 해를 출발하면서 성급하지 않게 차분히 계획을 세우라는 뜻에서 이런 이야기가 만들어졌는지, 선후 관계는 쉽게 판단내릴 수 없다. 말 그대로 신중하라는 조언 정도로 받아들이면 무난할 듯하다. 다투어 아이를 낳고 투자를 결심할 만큼 과학적 근거가 있을 리 없다.

지나친 의미 부여는 혹세무민惑世誣民일 뿐이다.

* 본디 午(말)이나 동음이의어인 烏(까마귀)로 본 것.

# 철쭉부인 바람났네

자용姿容(얼굴과 몸매)이 얼마나 절대絶對(결코 견주지 못함)했는지, 바다의 용에다 산정 호수의 신들이 납치해 갔다는 수로부인 이야기 첫머리에는, 뜻밖에도 멋진 사랑의 노래가 먼저 나온다. 흔히 「헌화가」라 부르는 향가가 그것이다.

> 자줏빛 바위 가에
> 잡은 손 암소 놓게 하시고
> 나를 아니 부끄러워하시거든
> 이 꽃을 꺾어 바치오리다.

때는 철쭉이 만발하는 계절이었다. 하필 천 길 낭떠러지

바위 끝에 핀 꽃이 더욱 아름다워, 부인은 주변의 젊은 종들에게 꺾어다 주기를 바란다. 강릉 태수로 부임해 가는 남편을 따라나선 길이었다. 지금으로 치면 동해안을 거슬러 올라가는 7번 국도의 어느 지점일 것이다. 일행이 점심을 먹기 위해 멈춘 자리의 한 풍경. 꽃을 바라는 부인과 낭떠러지에 오르기를 두려워하는 종들 사이에 흐르는 기류가 어색하다.

벼랑에 핀 꽃과 아름다움이 누구와 견줄 수 없는 수로부인, 그저 젊기만 한 종들에게 어느 쪽이나 오르지 못할 벽이다.

'제 눈에 안경'은 굳이 이럴 때 쓰라고 있는 말은 아니지만, 명령이 내려져 강제하지 않는 이상, 제게 어울리지 않는 무언가를 위해 목숨까지 내놓을 바보는 없다. 꽃을 꺾으러 벼랑을 오르다간 목숨이 위태롭다. 벼랑을 오르는 일은 미모의 부인에게 사랑을 얻어내겠다는 은유가 감춰져 있다. 이는 더 위험하다.

평범한 자에게는 그저 손안에 들어올 자기 것이 훨씬 소중하고 값어치 나가지 않는가?

그러니 부인이 하는 말은 젊은 종들에게 '쇠귀에 경 읽기'일 뿐이다. 올라갈 수 있고 없고를 떠나 흥미가 없다. 흥미를 가져서도 안 된다.

여기에 한 노인이 등장한다. 암소를 몰고 지나가는 동네 사람이다. 부인의 말을 듣더니 노인은 소를 세워놓고 조용히 벼랑을 오른다. 젊은이도 두려워 떠는 길을 노인은 어찌 이다지 담대하고 자연스럽게 오르는가? 오불관언 吾不關焉인데 왜 나서는가? 노인은 이윽고 부인 앞에 서서 노래 부르며 자기가 따 온 꽃을 바친다. 절화헌지 折花獻之, 꽃을 꺾어 바친다는 사자성어가 여기서 나온다.

산은 온통 철쭉으로 자줏빛, 산 같은 나의 마음 저처럼 그대를 향해 붉게 타오르네……

노인의 노래 속에는 이런 뜻이 담겨 있다.

주책인가? 젊은 여자를 흠모하는 마음이야 속으로 있을망정, 다 늙은 노인이 이렇게 대놓고 들이대야 할 일인가?

그러나 문맥을 따라 다시 찬찬히 살펴보자. 노인이 벼랑을 오른 것은 힘만으로 한 일이 아니었다. 지극히 사랑하는 마음이 있다면 벼랑도 두렵지 않으며, 정녕 사랑하는 마음을 표현하는 일은 결코 부끄럽지 않다. 나이 든 노인이니 부인의 남편도 의심의 눈초리를 보내지 않을 것이다.

그러나 정말 중요한 것은 마음이 없고 표현하지 않으면 살았으되 산목숨이 아니라는 사실이다.

철쭉은 우아한 자태를 뽐내는 꽃이다. 그 철이면 우리나라의 남쪽에서 철쭉제가 성행하는데, 새 계절을 맞으며 산신령에게 안녕을 기원하는 우리 민족의 소박한 마음이 잘 묻어난다. 철쭉은 신령한 꽃으로서의 원형을 지니고 있다. 철쭉을 보며 옛 신라의 멋진 수로부인도 함께 떠올리시길.

# 상상과 모험의 즐거운 세계

얼마 전 전해진 외신 가운데 관심을 끄는 기사다. 남아프리카 공화국에서 한 다이버가 고래에게 먹힐 뻔한 일 말이다. 다이버는 고래가 자신을 뱉어내면서 극적으로 탈출할 수 있었다고 말했다.

15년 동안 다이버로 활동해온 레이너 쉼프(51) 씨는 남아공 엘리자베스 항구 인근 바다에서 스노클링을 하던 중이었다. 쉼프 씨는, 갑자기 주변이 깜깜해지더니 엉덩이 쪽을 뭐가 꽉 물었다며, 무서워할 틈도 없었다고 말했다. 그것은 브라이드 고래였다. 이 고래는 크릴새우, 홍게, 새우 등 다양한 물고기를 한 번에 들이켜듯이 삼키지만 사람은 먹지 않는 것으로 알려졌다.

쉼프 씨는, "숨을 참고 있으면 고래가 뱉어낼 것이라 예상했다."라고 덧붙였다. 외신은 고래가 평소 먹던 먹이와 달라 그를 뱉어낸 것으로 추정하였다.

고래에게 삼켜본 사람의 원조는 기독교의 『구약성서』에 나오는 요나이다.

요나는 니느웨라는 도시로 가서 그곳 사람에게, 죄악으로 가득 차 징벌을 내린다는 하느님의 계획을 알리라고 명령받는다. 그러나 그렇게 하면 니느웨가 회개하고 구원받을 것이기 때문에 요나는 가기 싫었다. 벌 받아 망해버리길 바랐던 것이다.

그는 니느웨와 반대 방향으로 가는 배를 탔다. 그러자 거센 태풍이 배를 강타한다. 이 모든 일이 자신의 탓이라 고백한 요나는 바다에 던져지고 태풍이 가라앉았다. 이때 하느님은 큰 물고기에게 요나를 삼키라 명령하였는데, 그렇게 요나는 3일 낮밤 물고기 뱃속에 있다가, 마지막에 기도를 올리자 물고기가 그를 뭍으로 뱉어냈다. 여기서 큰 물고기는 고래로 보인다.

다이버 쉼프 씨의 일은 실화이지만, 『성서』의 이 이야기는 사실 설화에 가깝다.

그러나 설화 속에는 사실에 근거한 이야기의 틀이 담겨

있다. 쉼프 씨의 일이 그것을 증명한다. 설화는 막연히 꾸며낸 이야기가 아니라 다분히 사실에 근거한 확장된 이야기이다.

우리나라 『삼국유사』에도 이런 이야기가 있다.

신라 성덕왕 때 남편을 따라 강릉으로 가던 수로부인의 체험담이다. 앞서 소개한, 벼랑에 핀 철쭉꽃을 따달라 떼쓰던 조금은 철없는 그 부인이다. 그러다 급기야 용에게 잡혀가는 일이 벌어졌다.

수로부인 일행이 바다 가까이 있는 정자에서 점심을 먹고 있는데, 바다의 용이 잽싸게 부인을 끌어다 바다로 들어가 버렸다. 남편은 뒹굴며 땅을 쳤건만 뾰족한 수가 없었다. 또 한 노인이 나타난다. 노인은 이렇게 일러준다.

"마을 사람을 모아다, 내가 지어준 노래를 부르면서, 지팡이로 해안을 두드리시오."

아니나 다를까, 일러준 대로 했더니 용이 부인을 받들고 바다에서 나와 바쳤다. 사자성어 출해헌지出海獻之가 나오는 대목이다.

만약 이 이야기도 사실에 바탕을 두고 만들어졌다면, 여기서 용은 고래일 것이라 생각한다.

다이버 쉼프 씨는 고래에게 빠져나온 다음, "인간이 바다에서 정말 작은 존재라는 사실을 깨닫게 된다."라고 말했다. 요나의 깨달음과 비슷하다.

그런데 우리의 수로부인은 다르다. 바다에서 있었던 일을 묻자, "일곱 가지 보물로 장식된 궁전에서, 마련된 음식들은 달고 매끈하며 향기롭고 끼끗하여, 사람 사는 세상에서 지어진 것이 아니었습니다."라고 천연덕스레 답한다. 부인이 납치된 동안 발을 동동 구르던 남편이 무색해지는 순간이다.

『삼국유사』는 마지막에, "부인의 옷에 묻어 풍기는 향기가 특이하여, 세상에서 알고 있는 것이 아니었다."라고 적었다. 출해헌지, 우리에게는 바다에서 나온 상상과 모험의 즐거운 세계가 있다.

# 거북아, 수수께끼 좀 풀어다오

우리나라 건국신화의 주인공 가운데 가야 김수로왕에게는 특이한 점이 한 가지 있다. 그의 탄생 신화 부분에 노래가 들어 있다는 것이다. 여러 신화 가운데 오직 여기만 그렇다.

거북아 거북아

머리를 내밀어라

내밀지 않으면

구워서 먹을 테다

오늘날 「구지가」라 부르는 이 노래는 다음과 같은 이야기 끝에 나온다.

하늘이 열린 다음 이 땅에는 아직 나라의 이름이나 임금과 신하의 호칭 또한 없었다. 다만 9간이 추장으로서 백성을 통솔했다. 모두 100호에 7만 5,000명이었다. 이들은 거의 산이나 들판에 제각기 모여, 우물을 파서 물 마시고 밭 갈아 먹고살았다.

그러던 어느 날, 서기 42년 3월 계욕일禊浴日인데, 그들이 살고 있는 북쪽 구지봉龜旨峰에서 이상한 소리가 들렸다. 마치 누군가를 부르는 것 같았다. 200~300명의 무리가 그곳에 모여들자 사람의 말소리처럼 들렸다. 몸은 드러내지 않고 목소리만이었다. 요컨대, '하늘에서 명하여 이곳에 내려가 나라를 새롭게 하고 임금이 되라 하였으니, 모름지기 봉우리 위의 흙을 파면서 노래하라'는 것이었다. 이 노래가 바로 「구지가」이다.

구지봉이나 「구지가」나 모두 거북이 나온다. 사실 거북은 용이나 마찬가지 존재로, 신성함과 거룩함을 지닌, 왕의 상징이다. 구지봉에서 부르는 「구지가」는 왕을 맞이하는 노래인 것이다.

노래를 부른 지 얼마 지나 공중을 쳐다보았더니, 붉은 줄이 하늘로부터 내려와 땅에 드리워졌다. 그 줄의 끝을 찾아보았다. 붉은 보자기 속에 금합이 나타났는데, 열어보니 해같이 둥근 황금알 여섯 개가 들어 있었다. 이 알들은 매우 휜

칠한 사내아이로 변화하였다. 사람들이 상에 앉히고 절하며 치하한 뒤 공경을 다해 모셨다.

이 가운데 첫째 아이가 바로 김수로왕이다.


건국신화에는 반드시 노래가 끼어 있었을 것이다. 전체적으로 서사시의 형태를 띤 노래였을 것이다. 그러나 지금까지 남아 있는 우리 건국신화에서 그 노래가 남아 있기로는 이 가야의 건국신화가 유일하다. 그래서 가야 신화는 매우 특별하고 소중한 존재이다.

얼마 전, 경북 고령의 대가야 무덤에서 「구지가」를 연상시키는 유물이 나와 모두들 깜짝 놀랐다.

지름 5센티미터 크기의 흙으로 만든 방울 6개였다. 거기에는 거북이 등, 산봉우리, 관을 쓴 남자, 춤추는 여자, 하늘에서 내려오는 보따리와 이를 맞는 사람의 모습이 새겨져 있었다. 이 방울을 차례대로 따라가 보면, 사람들이 모여 거북 노래를 부르자 하늘에서 여섯 알이 든 금합이 내려왔다는 이야기와 거의 일치한다. 그래서 모두들 놀랐다.

무덤은 네댓 살 정도 여자아이의 것으로 추정된다. 조사단은 이 방울이 아이의 노리개이거나 제사용품으로 짐작하고 있다.

그런데 왜 하필 거기에 그려진 그림이 제 나라의 건국신

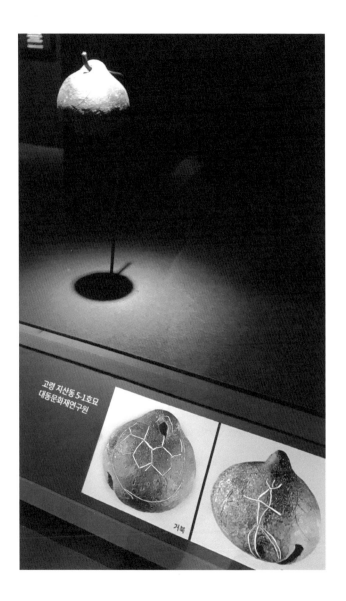

고령 지산동 5-1호묘
대동문화재연구원

거북

화를 바탕으로 한 것일까.

건국신화를 새긴 유물은 지금까지 우리나라에서 발견된 적이 없다. 문자의 사용이 자유롭지 않던 시절, 더욱이 어린 아이이다 보니 마치 그림동화책처럼 이야기를 그려준 것이었을까. 어쨌건 가야의 건국신화는 또 하나 특이한 기록을 세운 셈이다.

물론 그림의 해석에는 다른 견해가 제시될 수 있다. 내 눈에는 별자리처럼 보이기도 한다. 수로왕의 이야기가 아니라 아이의 짧은 생애를 그렇게 기록하고자 했으리라. 그렇다면 가야 지방 사람이 쓰던 문자의 증거이니, 이 또한 놀라운 일이다.

수기현야首其現也, 거북은 이제 다시 머리를 내밀어 수수께끼 좀 풀어주면 좋겠다.

지름 5센티미터 크기의 흙으로 만든 방울 6개 가운데 2개. 6개는 거북이 등, 산봉우리, 관을 쓴 남자, 춤추는 여자, 하늘에서 내려오는 보따리와 이를 맞는 사람의 모습이 새겨진 것으로 보고 있다.
―2019년 국립중앙박물관 '가야본성' 전시회에서

# 택배 달인, 토목 달인

백제 무왕武王(재위 600~640)에 얽힌 이야기 가운데 민간전승에서 출발하여 기록된 오직 한 가지가『삼국유사』에 나온다.

　홀로 되어 서울의 남쪽 연못가에 집을 짓고 살던 여자가 그 못의 용과 정을 통해 아이를 낳는다. 이 아이의 어릴 적 이름이 서동薯童, 마(薯)를 캐서 팔아다 생활했으므로 붙은 것이다. 서동은 신라 진평왕의 셋째 공주인 선화善花가 세상에서 둘도 없이 아름답다는 소문을 듣고, 신라의 서울로 가서 동네 아이들을 꾀어, 서동과 선화가 그렇고 그런 사이라는 헛소문을 퍼뜨렸다. 작전 성공, 궁에서 쫓겨난 공주를 중간에서 보쌈하다시피 데려와 함께 살게 되었다.

　이야기의 끝인즉 서동이 선화의 지도를 받아 결국 왕에

오르게 되었다는 것이다.

사실 서동의 아버지 '연못의 용'이라는 존재를 떠올려, 그가 왕족의 어느 끝자리였다고 한다면, 서동을 마 캐는 근본 없는 시골 뜨내기라고만 할 수 없다.

그래도 선화의 등장이라든지 둘 사이의 결연담은 설화의 틀을 결코 벗어나기 어렵다.


서동이 선화의 지도를 받는 첫 번째 이야기.

선화가 쫓겨나기 전, 어머니는 어디 가서든 먹고살라고 금 한 덩이를 주었다. 우여곡절 끝 서동의 집에 도착하자 그것을 꺼냈다. 백 년은 부자로 살 수 있다는 선화의 말에 서동은 크게 웃고 말았다. "내가 어려서부터 마를 캐던 곳에는 이런 것이 흙처럼 쌓여 있소." 이 바보는 금의 가치를 몰랐다. 선화는 차분히 그것을 일러준다.

거기서 한 발짝 더 나간다. 선화는 이 보물을 자신의 부모에게도 보내자는 것이다. 서동은 흔쾌히 동의하는데 문제는 운반할 방법이었다. 여기서 매우 특이한 존재가 등장한다. 바로 용화산龍華山의 사자사師子寺에 있는 지명知命 스님이다. 자신의 신통력으로 보낼 수 있으니 가져오란다. 선화가 편지를 써서 금과 함께 사자사 앞에 가져다 놓았다. 법사는 하룻밤에 신라 궁궐로 실어 보냈다.

이런 택배 업자가 또 있을까. 요즈음 말로 택배 달인이다.

진평왕은 신통한 조화를 기이하게 여기고 높이 받들어주면서, 자주 편지를 보내 안부를 물었다. 서동이 이로 말미암아 인심을 얻어 왕위에 올랐다. 말하자면 넉넉히 덕을 베풀어 이름을 얻고, 이어 신라와의 관계에서도 외교적 성공을 거둔다. 왕이 될 만하지 않은가.

서동이 선화의 지도를 받는 두 번째 이야기.

서동이 왕이 된 다음이다. 하루는 왕이 선화 부인과 함께 사자사로 거둥하는 길에 용화산 밑에 있는 큰 연못가에 이르렀다. 마침 미륵 삼존이 나타나자 수레를 멈추고 절했다. 부인이 왕에게 말했다.

"이곳에 큰 가람을 세우는 것이 제 소원입니다."

누구의 부탁이라고 왕이 들어주지 않았겠는가.

문제는 연못을 메우는 일이었다. 여기서 또 한 번 지명 스님이 등장한다. 두 사람의 갸륵한 뜻에 감동한 스님은 신통력을 써서 하룻밤 사이에 산을 무너뜨려 못을 메우고 평지로 만들었다.

이런 토목 업자가 또 있을끼. 요즈음 말로 토목 달인이다.

못을 메우고 평지로 만들었다는 말이 원문에서 지전위지池塡爲地이다. 연못이 평지로 바뀌었다는 것이다. 비슷한 말에 상전벽해桑田碧海가 있다. 이것은 세월의 변화나 무상함을 이르는 말이다. 이에 비해 지전위지는 정성이 감응하여 신통한 힘이 발휘될 때 쓸 수 있다.

서동과 선화의 이야기는 설화이다. 그럼에도 불구하고 역사보다 더한 교훈을 담고 있다. 한낱 재주꾼으로 끝날 사람을, 한낱 왕으로 끝날 사람을 모두가 기억하는 영웅으로 만든 것은 후견인의 노력이 들어가서이다. 우리는 그 후견인을 선화공주로만 생각했는데, 거기에 한 사람 더 있다. 훌륭한 택배 달인이고 훌륭한 토목 달인인 지명 스님이 그이다.

# 선화공주와 헤어질 시간

전북 익산의 미륵사가 세워진 연유는 『삼국유사』에 잘 나와 있다. 백제 무왕이 부인인 선화공주와 함께 용화산의 사자 사로 거둥하는 길, 산 밑 큰 연못가에 이르렀는데, 마침 미륵 삼존이 연못 위로 떠오르자 수레를 멈추고 절했다. 부인이 왕에게 말했다.

"이곳에 큰 가람을 세우는 것이 제 소원입니다."

그래서 미륵상 셋과 회전會殿, 탑, 낭무廊廡를 각기 세 군 데에 세운 다음 미륵사라는 편액을 달았다.

지금은 비록 사라지고 없으나, 아스라한 꿈결 속에 그려 보는 미륵사는 '각기 세 군데'라는 절의 구조를 밝힌 이 구 절에서 생명의 끈을 얻었다. 일연이 『삼국유사』 안에 여러 사찰을 소개하였지만, 그 구조까지 설명하기로는 오직 여기 한 군데이다. 탑 하나 겨우 몸을 지탱하고 모두 사라진 절터에서, 지난 1980년 발굴의 첫 손길을 댈 때 이 구절은 설계도나 마찬가지였다. 만약 일연의 언급이 없었던들 우리는 아주 엉뚱한 발굴 결과를 내놓았을 것이다.

땅을 파서 확인한 가람 배치는 이랬다.

동쪽 석탑과 서쪽 석탑이 있고 중간에 목탑이 있으며, 각 탑의 뒤로 금당의 성격을 가진 건물이 하나씩 있다. 탑과 금당을 한 단위로 구분하는 회랑이 둘러, 동원과 서원 그리고 중앙의 중원이라는 삼원식三院式 곧 3탑 3금당의 가람 형태를 이루었다. 여태껏 보지 못했던 전혀 다른 형식의 특수한 가람이었다. 사찰은 거의 예외 없이 1금당이 원칙이기 때문이다.

다시 말하거니와, 이 소중한 발굴의 결과는 『삼국유사』의 각삼창지各三創之 곧 각기 세 군데에 세웠다는 지남指南이 없었으면, 도로徒勞와 오류誤謬에 빠지고 말았을 것이다.

터라도 다시 찾은 미륵사에서 문득 겨우 남은 서탑이 애처롭기 그지없었다.

발굴 전에는 동네도 있었고 나무에 둘러싸여 있기도 했

다. 그런 풍경 속의 탑은 적당히 가려졌었으나, 주민을 이주시키고 횅한 절터가 드러나자, 빗물의 이끼가 밴 시멘트 바른 탑은 흉하게만 보였다. 쓰러질 듯 위태롭기까지 해 탑을 보수하지 않으면 안 되었다.

이 일은 1998년부터 2018년까지 무려 20년이나 걸렸다. 투입한 비용만 225억 원이다. 그리고 2019년 4월, 보수하느라 설치한 가건물을 걷고 드디어 일반인에게 공개하였다. 감개무량한 결말이었다.


하지만 뜻밖의 반응이 나왔다. 다른 곳도 아닌 감사원에서였다. 실측 설계도서 없이 적심의 구조가 달라진 데다, 강도가 낮은 충전재가 활용돼 안정성 검증이 필요하다고 했다. 온 언론사가 이를 받아썼다. 원형대로 복원하기 위한 사전 검토를 거치지 않고 일관성 없이 축석했다는 지적 때문인지, 한 신문은 이런 제목마저 달고 기사를 썼다.


석탑의 육하원칙은 1370년 만에 채워졌다. 639년 저 탑 속에 묻은 조성 기록의 금판이 2009년에 나타나자, 한 사람은 빛을 보고 한 사람은 뒤편으로 사라져야 했다. 사라지지만 그 또한 어느 노병처럼 죽지 않을 것이다. 1370년간의 사랑이 있어서다.
—익산 미륵사지

"미륵사지 석탑 부실 복원…… 1300년 상징성 '와르르'"

대놓고 '부실'이니 '와르르'니, 좀 심했다. 와중에 문화재청의 답변은 점잖은 편이었다. 적심의 구조나 배합 재료의 변경이 오히려 석탑의 안정성 확보와 역사적 가치 보존을 함께 고려한 결과라고 말이다.

감사원의 지적이 틀린 바 아니지만, '원형대로 복원'이란 말은 언감생심 현실과 동떨어져 있다. 절의 구조야 『삼국유사』가 가르쳐준 일말의 힌트라도 있는데, 그마저 탑은 몇 층인지조차 알려주지 않았다. 원형이라니 뜬구름 같은 소리이다.

'미륵사지 석탑의 보수 정비는 무엇보다 추정에 의한 무리한 보수를 하지 않았다는 점에서 한국 문화재 복원사에 기록될 만'(도재기)하다거나, '부서지고 훼손된 상처 그대로 당당'(허윤희)하다는 평가가 더 온당하다.


그보다 탑의 해체 과정에서 더 큰 뜻밖의 성과가 나왔다.

망각의 세월을 뚫고 나온 금판의 사리 봉영기가 준 충격적 정보, 서기 639년 왕비인 사탁적덕의 따님이 시주하여 지었다는 사실의 확인이었다. 봉영기는 1,400여 년 동안 탑 속에 묻혀 있다 나와, 두 가지 사실, 절을 지은 해와 시주자를 정확히 알려주었다.

639년이라면 백제 무왕 40년, 우리는『삼국유사』의 기록대로 시주자가 선화공주인 줄 알았는데, 사탁적덕의 따님이 은근히 다가와 자신이라 밝힌다. 잃어버린 주인공을 찾았다. 선화공주를 떠나보내야 한다는 아쉬움만 달래면 된다.

# 부모와 자식, 그 역동의 관계

무엇이 진정한 효도인지에 대해서는 사람에 따라 시대에 따라 생각이 다르다. 오랫동안 유교문화권에 살아온 우리는 부모에 대한 효도를 거의 절대적으로 여긴다. 부모가 주신 몸은 터럭 하나라도 함부로 훼손해선 안 되고, 제 목숨을 바쳐서라도 부모를 지키고 모셔야 한다. 그런 지난 시대의 영향이 아직도 우리 사회에 남아 있다.

그러나 꼭 그렇지만은 않아 보인다. 유교와 더불어 불교의 영향 또한 작지 않아서인지 효도가 그렇게 일방적이지 않은 면도 있다. 효도를 하고 않고의 문제가 아니다. 자식을 키우는 부모의 절대적 희생이 엄연하고, 그 희생 속에 이뤄내는 자식의 미래가 효도인지 모른다.

법륜 스님의 설법 시간에 이런 장면을 본 적이 있다.

서른쯤 된 여성이 일어나 물었다. 오랫동안 홀어머니를 모시고 살다가, 배우자를 만나 결혼하게 되었는데, 배우자는 외국인이고 자기 나라로 가서 살기를 원한다. 봉양할 사람이 없어, 어머니도 떠나는 것을 마뜩잖아 하니, 진퇴양난進退兩難 어쩌면 좋겠는가.

스님이 답했다. 아주 단호했다. 결혼해서 떠나라!

여성의 머릿속에는 분명 부모 봉양의 '효도'라는 두 글자가 가득했으리라. 그런데 스님의 답변은 달랐다. 자식을 낳아 키우는 것은 부모의 책임이나 자식이 부모를 모시는 것은 그렇지 않다. 넉넉히 할 수 있으면 좋지만, 떠나야 할 운명이 닥치면 거기에 따르는 것이 순리이다…… 자식은 자식대로, 부모는 부모대로.

다분히 불교적 세계관이 들어 있다고 본다.


『삼국유사』에서 이야기 하나를 가져와 보겠다.

의상의 10대 제자 가운데 한 사람인 진정眞定은 여기밖에는 구체적인 행적이 밝혀지지 않은 사람이다.

그에 대해, "법사는 신라 사람이다. 평민으로 지낼 때는 군대에 졸병으로 이름이 올라 있었다. 집안이 가난하여 장가들지 못하고, 부역하는 틈틈이 품을 팔아 곡식을 받아다

홀어머니를 모셨다."라고만 하였다.

어느 날, 집안에 재산이라곤 다리 부러진 솥 하나뿐인데, 진정이 일 나간 사이 한 승려가 문 앞에 와 절에서 쓸 쇠붙이를 구하는 것이었다. 어머니는 솥을 시주했다. 진정이 밖에서 돌아오자, 어머니가 이 일을 말해주면서 아들의 뜻이 어떤지 근심스러워했다. 진정은 기쁜 얼굴빛으로, 옹기를 솥삼아 먹을 것을 익혀 드렸다. 어머니나 아들이나 그만큼 순박한 사람들이었다.

아들은 내심 자신이 가지고 있는 어떤 계획을 어머니에게 말씀드려도 좋겠다는 생각을 했다. 여기서 어머니와 아들 사이에 삼사삼권三辭三勸, 세 번의 사양과 세 번의 권고가 나온다.

진정의 계획이란 다름이 아니었다. 그는 의상이 태백산에서 설법한다는 말을 듣고, 곧 거기를 사모하는 마음이 생겼었다. 그래서 어머니에게, "효도가 끝나고 나면, 꼭 의상법사에게 들어가 머리를 깎고 도道를 배우려 합니다."라고 말했다. 다만 '효도가 끝난 다음'이라는 것은 지금 당장이 아니라는 사양의 뜻이 들어 있었다.

그러자 어머니의 첫 번째 권하는 말이 나온다.

부처님의 법을 만나기는 어렵고 인생은 짧은데, 효도를 마친 다음이라니. 그건 너무 늦다. 내가 죽기 전에 네가 도를 들고 깨쳤다는 소식을 듣는 것만 같지 못하구나. 머뭇거리지 말고 빨리 가거라.

죽기 전에 내 자식이 도를 깨쳤다는 소식을 듣고 싶다.

그런 어머니의 권고는 사뭇 비장했으나 진정은 쉽게 따를 수 없었다. 두 번째 사양의 뜻을 밝힌다. 많이 늙은 어머니를 옆에서 지켜야 한다는 것이었다. 어머니는 두 번째로 권고한다.

아니다. 나를 위한다고 출가를 못 하다니. 그건 나를 지옥 구덩이에 빠뜨리는 일이야. 나는 남의 집 문 앞에서 옷과 밥을 빌어도 천수를 누릴 수 있다. 정말 내게 효도를 하려거든 그런 말은 하지 마라.

나는 빌어먹어도 천수를 누릴 수 있다.

그래도 진정은 침통한 생각으로 머리를 떨구었다. 세 번째 사양이었다. 어머니는 마지막 세 번째 권고를 하는데, 이번에는 그냥 말이 아니었다. 벌떡 일어나더니, 쌀독을 뒤집어 밥을 짓고 일곱 덩이 주먹밥을 만들어서는 말했다.

네가 밥 지어 먹으면서 가느라 늦어질까 오히려 두렵다. 내
보는 눈앞에서 그중 하나를 먹고, 나머지 여섯 개를 싸서
서둘러 가거라.

아, 이토록 결연한 어머니라니, 진정은 눈물만 삼킬 뿐,
세 번을 거듭 사양했으나 어머니는 세 번 모두 권했다.

진정이 어머니의 뜻을 어기지 못해 길을 나서, 의상 문하
의 승려가 된 다음, 삼천 문도 가운데 십대제자에 들었다는
후일담은 사족에 불과하다. 효도란 일방적이지 않고, 부모와
자식 사이에 만들어지는 어떤 역동逆動의 관계임을 이 이야
기는 잘 보여준다.
　부모는 자식의 미래를 만든다. 그 미래가 다름 아닌 효도
이다.

# 내 마음의 삼국유사

나는 『삼국유사』를 테마별로 다시 읽는 시리즈 '스토리텔링 삼국유사'를 내고 있다. 그동안 1차분으로 다섯 권이 나왔다. 성과와 성원이 꾸준하여 이제 2차분 다섯 권을 준비하고 있다. 그사이, 좀 더 쉽고 핵심적으로 『삼국유사』의 이야기에 접근하는 길을 만들어보려 이 책을 낸다.

내가 늘 마음에 두고 새겨두어 '내 마음의 삼국유사'라 할 만한 이야기들이다.

한 꼭지씩 쓰면서 두 가지 틀을 기저에 두었다.

첫째, 『삼국유사』로 오늘을 읽는다.

이야기의 어느 한 대목과 이에 견주는 지금의 이야기 한 대목을 마주 보게 한다. 역사의 고금古今을 떠나 인정의 곡진함은 같은 것이고, 새삼 고려 말의 편찬자 일연의 심정을 한발 더 들어가 헤아리게도 된다. 예와 이제가 이야기를 통해 만나는 것이다.

둘째, 사자성어로 읽는『삼국유사』이다.

이야기의 키워드를『삼국유사』의 원문 가운데 뽑아 새로운 사자성어四字成語로 만들어보았다. 그래서 그 사자성어가 돋보기와 같은 역할을 맡게 한 것이다.


사자성어는 한자 네 글자로 된 명구名句이다. 형식은 한문의 기본 어절이 네 글자인 데서 관용慣用하였다고 보인다. 그런데 내용은 화이부동和而不同처럼 성인의 어록에서 따오거나, 토사구팽兎死狗烹처럼 어떤 사건이나 이야기에서 연유한 경우로 나눠볼 수 있다. 후자의 경우를 우리는 따로 고사성어故事成語라 부른다.

일상에서 사자성어를 긴요하게 쓰는 일이 많다. 아예 사전을 옆에 두고 찾아가며 활용하는 이도 있다. 명구가 갖는 힘일 것이다.

다만 한 가지, 사자성어는 거의 모두 중국산이라는 점이 아쉽다. 지나친 중국 의존은 여기서도 지나쳐, 기왕 쓰자면 우리 사자성어 또한 일정한 역할을 해주길 바라게 된다. 당연히 새롭게 사자성어가 많이 개발되어야겠는데, 여러모로 『삼국유사』만큼 좋은 텍스트가 없다는 생각이다. 이와 같은 생각과 방법으로 우선 40개의 사자성어를 내놓는다.

한마디로 『삼국유사』 안의 이야기를 가지고 새로 만든 우리식 사자성어이다.

이는 『삼국유사』를 읽는 또 다른 시각이기도 하면서, 진정 우리식 사자성어가 일상에 퍼져 풍부한 비유의 바다를 이루게 할 재료이기도 하다.


이 책은 '스토리텔링 삼국유사' 시리즈의 번호를 붙이지 않고 특별판으로 낸다. 내용 가운데 더러 이미 시리즈에 실어 겹치는 대목이 나오는 까닭이다. 사자성어를 소개하는 계제이므로 중복이 불가피했다.

이 책의 뼈대는 KBS-1 라디오와 EBS-FM의 방송을 통해 이루어졌다. 2015년 봄부터 3년간 KBS의 〈생방송 일요일 아침입니다〉에서, 2018년 가을부터 1년간 EBS의 〈공감 시대〉에서 주 1회씩 방송되었다. 기회를 준 두 방송사에 감사한다.


2020년 봄

고운기

# 일연에 관한 몇 가지 단상

## 오리무중의 생애

일연一然(1206~1289)은 너무 유명해서 아무도 모른다. 이 반어를 어떻게 받아들여야 좋을까. 『삼국유사』의 지은이로 일연을 모르는 이는 거의 없다. 그런데 그의 생애는 오리무중이다.

사실 『삼국유사』가 유명하므로 일연 또한 덩달아 유명해졌을 뿐이다.

오늘날 우리는 『삼국유사』를 모르지 않는다. 교과서와 어린이 책과 인문 교양서에 이르기까지, 『삼국유사』를 변주한 책의 수는 헤아리기 어렵다. 그래서 누구에게나 『삼국유사』는 낯설지 않다. 도리어 지나치게 친숙하다.

나는 일찌감치『삼국유사』에 대해 이렇게 썼다.

> 정녕 우리 역사를 지식인의 역사에서 민중의 역사로, 사대
> 의 역사에서 자주의 역사로 바꿔놓은 책. 우리 문학을 지식
> 인의 문학에서 민중의 문학으로, 사대의 문학에서 자주의
> 문학으로 바꿔놓은 책.

이런『삼국유사』를 지은 이가 일연이다.

그런데도 일연을 모른다니, 오리무중의 대상이라니 무슨
말인가.

일연은 20세기에 들어 알려졌다. 이 또한『삼국유사』가
알려지면서 일어난 현상이다. 20세기가 시작되기 이전까지
일연을 아는 사람은 극소수에 불과했다. 그것은『삼국유사』
를 아는 사람이 극소수였다는 말과 같다. 한마디로 일연은
『삼국유사』와 함께 운명을 같이하는 이이다.

하지만 일연은 당대에 꽤 잘나간 사람이었다. 그가 살았
던 고려왕조의 국사가 된 이였다. 국사는 한 나라의 스승이
다. 불교가 국교였던 고려 사회에서 국사의 위치는 우리의
상상을 초월한다. 김수환 추기경이 선종하고 법정 스님이
입적하였을 때, 얼마나 많은 사람이 그분들 없는 세상을 안
타까워하고 그분들의 생애를 그리워했는가. 이것은 존경의

문제이다. 그러나 존경을 떠나 단순하게 따져 고려 시대의 국사는 오늘날의 추기경과 큰스님을 합쳐놓은 것이나 다름 없다. 국가 종교였던 불교의 영향력으로 쳤을 때 그랬다. 일연도 그만한 반열에 오른 이였다.

그런데도 일연을 모른다니, 오리무중의 대상이라니 무슨 말인가.

하물며 일연에게는 번듯한 비문이 남아서 전해 온다. 한문으로 쓴 1,200자가량의 꽤 긴 분량이다. 가계와 생몰 연대 그리고 주요 활동이 적혀 있다. 웬만한 이에 비하면 꽤 풍부한 자료를 남겨놓은 셈이다. 하지만 그것은 평면적이고 단선적이다.

실체는 없이 덩달아 이름만 알고 있다. 내면의 곡진한 사연을 알기에는 다른 기록이 거의 없어, 어딘가 걸쳐서 견주고 입증할 자료가 없다. 그러므로 구체적이고 입체적이지 않다.

이 때문에 오리무중이라는 것이다.

### 타고난 이야기꾼 일연

과연 일연은 누구인가. 아쉽지만 비문에 나타난 그의 생애와 『삼국유사』에서 간접적으로 확인하는 정보를 통해 그의 세계를 짐작해나갈 수밖에 없다. 한마디로 그는 이야기꾼이었다.

일연은 이야기하는 재주를 다양하게 지닌 이였다. 정치적이고 역사적인 사건을 이야기 속에 풀어 넣는 비상한 기술을 지니고 있었다.

몇 가지 양상을 보자.

원효와 의상처럼 대조적인 두 사람을 짝지어 등장시킴으로써 흥미를 배가하는 경우, 김춘추처럼 주인공인데 조연으로 등장시켜 끝까지 객관적인 시각을 유지하는 경우, 한 왕대를 대표적인 한 사건만 가지고 서술하여 그 성격을 부각시키는 경우 등이다.

이는 선택과 집중의 기술이라 할 수 있다.

그것은 『삼국유사』가 정식 역사서의 의무감에서 벗어나 있었기에 가능했지만, 한 왕대에 여러 가지 복잡한 사건이 얽혀 있어도, 그것을 특징적인 사건 어느 하나로 집약하여 정리해 일목요연한 흐름을 짚어주고, 거기서 자신의 분명한 역사관 또한 밝히고 있으니 매우 흥미롭다.

구체적인 예로 두 가지만 들어보자.

진평왕은 무려 53년이나 왕위에 있었던 인물이었음에도 불구하고, 일연은 다만 한 가지 천사옥대天賜玉帶 곧 하늘이 내려준 옥대를 받은 일로 전 생애를 갈음한다. 그의 권위와 업적을 말하자면 이로써 충분하다는 식이다. 이 일이 과연 사실인가는 논외다. 만약 거기에 걸려서 쓰기 주저했다면 아예 단군신화는 설 자리조차 잃었을 것이다. 요컨대 진평의 생애가 하늘이 인정할 만큼이라는 명쾌한 논리!

법흥왕은 「기이」 편에 등장하지 않는다. 법흥이 신라에서 차지하는 비중을 감안할 때 이는 도저히 있을 수 없는 일이다. 그러다가 「흥법」 편에서 이차돈 순교 사건의 조연으로 나온다. 물론 이는 『삼국유사』를 사건의 나열이 아니라 주제별 분류에 따라 썼기에 생긴 현상이다. 그러나 법흥이 법흥인 것은 신라의 불교 공인을 떠나 생각할 수 없다는 명확한 입장!

왕조 시대에는 역사를 당연히 왕 중심으로 썼다. 그러나 일연은 이야기의 주인공 중심으로 생각했다.

이야기의 중심이라면 서민이나 지체가 낮은 스님도 주인공으로 등장한다. 그런 마련해서 그의 붓을 통해 정착한 이야기는 누구도 이루지 못한 입체적 생활사를 우리에게 들려준다. '유사'라는 제목이 붙은 여느 책이나 이와 비슷한 시도를 했지만, 일연의 『삼국유사』만큼 내용과 형식에서 뛰어난 성과를 거두지 못했다. 그래서 『삼국유사』이다.

일연은 이런 책을 쓴 사람이라고 말하는 데서 조금 오리무중을 벗어난다.

## 백척간두에서 한발 더 나가

일연이 고향으로 돌아온 것은 그의 나이 77세가 되던 1283
년 가을이었다. 그해 봄, 충렬왕은 일연을 국사로 임명하였
었다. 종신직이라 할지라도 국사에 취임하면 몇 년 개성의
광명사廣明寺에서 머물다 하산하는 것이 관례였다. 그러나
굳이 그가 서둘러 낙향한 까닭은 94세의 노모가 고향에 살
고 있어서, 이제 마지막으로 어머니를 봉양하고 싶다는 소
망 하나밖에 없었다.

일곱 살 어린 나이에 어머니 품을 떠났던 일연이다. 그리
고 70여 성상, 수행자로서 보낸 한 세월을 마감할 나이에 이
르러 그가 택한 마지막 길은 어머니를 향한 염원, 오로지 그
한 가지였다.

일연의 고향인 경북 경산慶山은 당시 장산군인데, 이곳은
본디 압량押梁이라는 작은 나라였고, 신라 경덕왕 때부터 이
렇게 불렸었다. 장산은 고려조에 들어 경주에 소속되었다가,
일연이 죽은 후인 충선왕 때 비로소 경산이라는 이름을 가
졌다.

경산군이 경산현으로 승격된 것은 충숙왕 때였다. 국사
인 일연의 고향이었기 때문에 올려준 것이다. 실로 고려 때
국사라는 지위가 얼마나 대단했던가를 웅변하는 일이다.

내가 처음 이곳을 찾아가 조금이나마 일연의 남은 자취

를 보고자 했던 것이 1992년 여름, 마침 가뭄이 온 국토를 말라 태우고, 불볕더위가 농사를 망칠까 농부의 마음을 애태우게 하던 때였다. 마을 사람들은 모두 저수지에 모여 있었다. 물푸기에 노심초사하는 저들을 붙들고 일연을 입에 올리기 계면쩍었다. 그러나 거기서 일연의 '일' 자라도 듣고 싶어 했던 내 마음도 타들어 가기는 마찬가지였다.

이런 마을에서 태어난 사람이 일연이다.

처음 이곳에 왔던 그때의 여름을 떠올리며 다시 찾은 어느 해인가는 봄이었다. 마을은 온통 복사꽃 천지였다.

문득 『삼국유사』에 실린 도화桃花 이야기가 떠올랐다. 복사꽃처럼 예쁜 여자, 호색의 왕 앞에서 기 죽지 않고 수청을 거부하던 여자, 그 왕이 죽고 자신의 남편도 이 세상을 뜬 다음, 혼령으로 다시 찾아온 비원의 왕을 맞아들여 비형이라는 아들을 낳은 여자가 도화이다. 사람 반 귀신 반의 아들이 사람과 귀신의 세계를 넘나들며 남긴 자취는 경이를 넘어 신비롭기만 하다.

복사꽃을 바라보다 도화 이야기의 플롯에 문득 요석공주가 겹쳐졌다.

도화를 만나 왕은 비형을 낳았는데, 요석을 만나 원효는 설총을 낳았다. 이곳, 복사꽃 만개한 경산은 원효의 고향이기도 하다.

원효가 찾은 요석도 홀로된 몸이었고, 두 사람 사이에서 태어난 설총은 이 나라의 문명을 연 이였다. 자루 없는 도끼를 빌려달라고, 그러면 이 나라를 괼 나무를 찍겠노라고, 희롱하듯 노래 부른 원효는 정녕 미치광이가 아니었다. 백척간두百尺竿頭의 수행 끝에 한발 더 나간, 그 경지가 어디까지인지 찾아가 본 사람이었다.

도화와 비형도, 요석과 설총도 『삼국유사』에만 나온다. 나는 이것이 왠지 우연처럼 보이지 않는다.

한 가지 상상이 허락된다면, 수행자의 신분도 아랑곳 않고 요석궁으로 들어가는 원효의 마음이나, 화사하게 핀 복사꽃처럼 왕을 맞이한 도화의 마음이, 일연에게 와서 이야기가 지닌 역사적 순간으로 다시 태어났다고 보인다.

일흔일곱 살 아들의 이런 이야기를 재미나게 듣는 이는 아흔네 살의 어머니였다.

### 김수환 생가에 걸린 사진

이 고장에서 한 사람은 태어났고 한 사람은 생애를 마감하였다. 한 사람은 이 땅의 가톨릭이 세계와 통하는 계기를 만들었고, 한 사람은 이 땅의 불교가 역사와 민족 속에 어떻게 스며들었는지 밝혔다.

앞사람은 김수환 추기경이고, 뒷사람은 일연 국사이다.

그들이 태어났거나 숨진 이 고장은 경북 군위軍威이다. 한여름의 복더위 속에 추기경의 생가를 찾았다. 언덕 위의 초가집이었다. 물론 이 집은 옛 모습을 재현해놓은 데 지나지 않는다. 마루의 한쪽 벽에는 아직 건장한(?) 70대 초반의 추기경이, 이 집을 찾아와 회상에 잠긴 모습이 찍혀 사진으로 걸려 있었다.

사진 속의 생가는 슬레이트 지붕의 다 허물어져 가는 시골 농가였다.

"태어나기는 외가였고요……. 여기는 본가인데, 다섯 살부터 초등학교 5학년까지 사시다 대구로 이사했답니다."

생가로 가는 길을 가르쳐준 군청 직원의 말이다. 그 무렵 군위군은 『삼국유사』에 운명을 걸고 있었다. 문화회관의 이름도 '삼국유사문화회관'이고, 새로 만든 도서관도 '삼국유사군위도서관'이다. 도서관 안에는 '삼국유사자료실'을 따로 두었다. 아직은 조성 중이라 규모는 초라하지만.

물론 이런 '삼국유사 열풍'은 이 책의 지은이인 일연 국사가 여기서 세상을 마쳤기 때문이다. 그러나 나는 자꾸 추기경과 국사가 오버랩되었다.

군청에서 생가까지는 3킬로미터 남짓한데, 나중 추기경이 된 소년은 이 길을 걸어 학교에 다녔고, 장날이면 물건을 파는 장사꾼 앞에 한없이 서 있곤 했다. 소년은 장사꾼이 부러웠다. 호주머니 속으로 들어가는 돈 때문이었다. 어서 커서 저 사람처럼 돈을 벌어, 고생하는 어머니를 편안하게 해주어야겠다고 생각했단다.

그러나 군위 사람들이 몽마르트 언덕이라 부르는, 군청 맞은편 야트막한 언덕 위의 성당에서, 어느 날 벌어진 사제 서품식을 보던 소년의 마음은 바뀌었다.

추기경의 형이 먼저 신부가 되었다.

복원한 생가에 걸린 사진이 찍힌 때라면 생각나는 일이 있다. KBS '열린음악회'의 청중석에 앉아 있던 추기경이 사회자의 권유에 못 이긴 척하고 불렀던 노래다. 김수희의 〈애모〉였다. 순간 청중석의 곳곳에서 터져 나오던 놀라움의 탄성.

나는 추기경의 종교적인 깊이나 사상을 잘 모른다. 1968년에 대주교가 되었고 이듬해 추기경이 되는데, 그것이 마흔일곱 살의 당시 전 세계 추기경 가운데 최연소, 아시아에서 세 번째로 서품된 추기경이라는 세속적인 기록에 더 관심이 갈 뿐이다. 그러나 추기경은 내가 살아온 지난날의 기억 속에 고스란히 잡혀 있다. 1970~1980년대 학생 시절, 힘들고 혼란스러울 때마다 추기경의 말 한마디 행동 하나가 지남指南이 되었기 때문이다. 비록 가톨릭 신자가 아니라도 말이다.

추기경이 살던 언덕 위의 작은 집을 내려오는데 노래가 다시 생각나 흥얼거려 보았다.

"그대 가슴에 얼굴을 묻고 오늘은 울고 싶어라……."

김수희의 〈애모〉 첫 소절. 추기경에게 '그대'는 누구였을까?

물론 하느님이겠지. 하느님처럼 섬기는 교회와 신자일 수도 있고. 그런데 마침 생가를 다녀간 무렵이었으니, 일찍 홀로 되어 여덟 남매를 키운 당신의 어머니가 새삼 사무쳐, 얼굴을 묻고 울고 싶은 '그대'라고 부르지 않았을까.

추기경은 막내였고, 초등학교 1학년 때 아버지를 여의었다.

## 모든 책 위의 책

음력 7월 8일, 그러니까 칠석을 보낸 다음 날 아침 일연은 열반에 들었다. 만 83세, 군위군 고로면의 인각사에서였다.

2010년의 추모제는 8월 17일에 열렸다. 말복을 지나고도 열흘쯤 뒤여서 그나마 다행이었다. 그해는 음력이 늦어서 그렇지, 여느 해 같으면 이날은 늘 삼복 한가운데 들어갔다. 열반에 들던 해의 그날도 양력으로는 8월 2일이었다. 중복에서 말복 사이이다.

더위는 타고난 모양이었다. 일연의 생일이 음력 6월 11

일인데, 태어나던 해의 양력으로는 7월 25일이었다. 초복에서 중복 사이이다. 삼복더위 속에 태어나 삼복더위 속에 돌아갔다.

인각사가 소중한 것은 『삼국유사』의 완성과 관련되기 때문이다. 78세 때 인각사에 와서 83세까지 5년간, 우리는 이 사이 언제쯤 일연이 『삼국유사』를 탈고했으리라 보고 있다. 더러는 점잖은 국사의 신분에 어울리지 않는, 농담 삼아 무협지를 썼다고 해야 한다는 말이 나올 만큼, 일연의 '삼국유사 저술'은 세속의 입방아에서 자유롭지 못하지만, 이제 『삼국유사』는 이 모든 논의의 저 위에서 의연히 자기 자리를 잡고 말았다. 『삼국유사』는 모든 책 위의 책이다.

나는 일연의 '삼국유사 저술'이 당신 평생에 걸쳐 닦은 감각의 소산이라 본다. 감각이라면 타고나지만 살아가면서 닦아지기도 한다.

예를 들어 현장 감각 같은 것이 그렇다. 『삼국유사』는 일연의 현장 감각에 크게 의지하고 있다. 자기의 발로 걸어가 듣고 보고 느낀 것이 고스란히 적혀, 비록 다른 이의 기록이 있어 비교해본다 한들, 현장감에서 결코 따라가지 못할 우뚝한 경지에 서 있다.

거기에 하나 더 보탠다면 눈물.

눈물은 값진 것이다. 사람을 사람답게 하는 저 깊은 속에는 눈물이 자리한다.

첫 페이지의 단군신화에 너무 깊숙이 매료되어, 세상에서는 『삼국유사』를 민족 신화와 역사의 현장이라 서둘러 단정하지만, 사실 더 많기로는 이 땅에서 살아온 유명 무명의 사람이 남긴 눈물 같은 이야기이다. 『삼국유사』에는 눈물이 있다.

인각사가 있는 고로면은 군청에서 남쪽으로 30킬로미터쯤 내려간다. 해발 800미터의 화산이 길게 늘어서 영천시와 경계를 이룬다. 절은 이 산 아래 있어 화산 인각사라 부른다. 맞은편 야트막한 산 중턱에는 주인이 일연의 어머니라 알려진 묘도 있다. 절 앞으로 흐르는 개천을 거슬러 난 지방도로의 끝에 면사무소와 초등학교가 있었다. 그 아래 댐이 들어서 물에 잠기고 보이지 않는다.

이 고장에서 한 사람은 태어났고 한 사람은 생애를 마감하였다.